[글벗수필선 51] 최정식 수필집

인생 60년, 희로애락의 삶을 드라마틱한 감성으로 노래한
생활 속에 사람 사는 웃음꽃과 사랑꽃 이야기

사람 내음이 머무는 자서전적 에세이, 사람 사는 세상 이야기

바보 아빠

최 정 식 지음

사랑꽃을 피워내며

사느냐 죽느냐의 기가 막힌 위기와 위협, 삶의 고난도의 위협상황을 반전시킨 것으로 살기 위한 몸부림의 시작과 끝은 가족 사랑과 돈독한 우정의 힘이었다.

바보 아빠 들어가다.
인생은 꿀맛처럼 사는 거야.

어느새 내 삶은 60을 넘었다. 너무나도 빠르게만 달려온 것만 같으니 "그새 60을 넘어 70으로 가는 거야"라는 표현이 어울릴 수도 있겠다는 모나지 않은 생각이 가슴으로 다가와 안기고 있었다.

키는 훤칠하였으나, 깡마른 체구로 살기 좋은 살아 볼만한 야심 찬 꿈을 안고 태어난 그때부터 오늘이라는 현재의 삶까지 "한번은 잘살아보세!"로 부와 명예 등 그 무엇을 위해 숨 가쁜 걷기와 달리기, 뜀박질해왔는지 밀물이 되어 가슴이 벅차기만 하다.

개구쟁이의 유년기를 거치고, 초등학교와 중 고등학교, 대학과 대학원, 군인의 길과 공직의 직장생활 등, 그 이상의 꿈을 향한 도전은 중간에 브레이크 한 번도 제대로 밟아보지를 못한 채, 액셀러레이터만 힘겹게 밟아온 삶이다.

말없이 묵묵히 본연의 임무에만 전념하면 된다는 소박한 생각으로 그 무언가를 위한 찬스의 기회도 한 번 가져보지를 못하였다.

　산전수전 공중전의 삶과 뜻하지 않은 인간관계의 허망과 괴로운 것들도 맛보았고, 칠흑 같은 어둠 속에서 죽음의 문턱까지 갔다가 살기 위한 몸부림으로 치열한 생존을 위해 길고도 질기기만 하였던 생명선 전투의 결전에서 강력한 드라이브와 스매싱을 걸어 도전장을 내밀었다. 허겁지겁 잡은 지푸라기를 놓지 않아 죽음의 생명선을 넘어가지 않은 눈물겨운 짜릿한 인간승리의 쾌감도 이루었다.

　가난, 각종 질병과 산악사고, 사람과 사람들의 인맥의 틀에서 쓰디쓴 아픔과 슬픔도 보고 듣고 손해를 보면서 "나는 왜 권모술수와 간사함으로 대시(dash)를 못하는 바보이었을까"로 신세 한탄의 순간들도 여러 번 노크해 주던 시기도 있었다. 그러나 성실과 정직, 노력이 삶의 전부이었다. 그런 마음과 행동들은 다양한 위기와 위협을 극복하는 원동력이 되었다.

　그 많은 시간과 세월의 터울에서 신나고 재미난 일은 그리 많지 않은 것으로 아이들을 바라보았다. 지치고 힘들었던 그때의 삶들에서도 절대 포기하지 않는 간절함과 절박한 심정의 도전정신이 살아 숨 쉬는 삶의 원동력으로 작용하지 않았나 싶고, 이 자리에서 신선놀음의 일상을 나누면서 누리고 있는지도 모를 일이다.

　다양한 성품과 하고자 하는 품격이 서로가 다른 아이들 셋의 성장을 보면서, 인생의 값진 희로애락의 참맛도 나누고 누리는 작지만 큰 영광의 혜택도 얻었다. 그저 감사한 삶이었고, 바로 오늘이 내 삶의 주인이었다.

　삶의 여정 정상 근처에 도착하여, 지난날의 세월을 들추어 뒤적이며 뒤안길의 흔적을 열어보니, 수고해준 아내 수네 여사와 잘 성장하고 있는 변호사와 건설인, 선생님의 기쁜 일들이 삶의 희망으로 만개하는 보기 좋은 웃음꽃을 피워주었다.

더불어 새 식구도 얻었다. 멋이 숨 쉬는 사위 아들과 참으로 착하고 예쁜 며느리, 그리고 노년의 삶에는 기쁨을 주는 손주 준기와 재은이는 예쁜 짓 귀여움으로 삶의 희망이고, 살아야 하는, 사는 재미의 이유이다.

바보 아빠의 삶은 인생길의 멋진 피날레의 팡파르(fanfare)가 아닐 수 없는 대만족의 성공으로 기쁨이 넘실대는 행복이 찾아온 것이다.

이제 남은 삶의 여정에서 "인생은 꿀맛처럼 살고 싶다."를 되뇌며, 어제보다 오늘이 더 좋고, 더 맛있고 멋있는 소풍 길에 휘파람을 불어가며, 느긋한 여유로 뚜벅뚜벅 가고 싶은 것이 나의 솔직한 마음이다.

그 무엇을 위해 더 이상의 아무런 두려움과 욕심도 필요치가 않게 되었다. 이대로 이렇게 보고 듣고 말을 아끼고 삶을 즐기면서 그리움의 삶으로 안전과 건강을 지혜와 슬기로 다스리고, 벗어나거나 깨어지지 않도록 잘도 토닥거리며, 절제하는 것이 남은 인생길의 책임 있는 움직임과 활동이다.

삶의 짤막한 틈새와 자투리 시간을 적절히 활용하면, 뜻하지 않은 자연스러운 웃음꽃도 피워지고, 참 좋은 인연들과의 행복이라는 맛과 먹거리도 함께 나누고 누릴 것 같은 속이 꽉 찬 생각으로 가득 쌓이고 있다.

2020년의 첫 달부터 갑작스럽게 찾아와 삶의 일상을 송두리째 다 바꾸어 놓아버린 마스크의 뜻하지 않은 삶과 국내외의 경제 등 국제질서, 예상할 수 없는 안보 위협의 상황, 기상과 기후의 변화, 환경오염도 삶의 변수가 아닐 수 없기에 잘 헤쳐나가야만 한다는 것이 현실로 다가왔다. 결코 쉽지 않은 인생 여정이고, 앞으로 이어질 삶의 큰 변수일 것이다.

쉽지만은 않은 거친 인생길의 소용돌이가 닥칠 것만 같은 이상야릇한 분위기이고, 거친 냄새도 나고 있었다. 이러한 환경과 여건에서 갈수록 준비되지 않은 경우의 상황에서는 힘들 것이고, 어쩌면 태어난 것이 불행한 삶이 되는 세상이 오고 있는 삶으로 연출이 되는지도 모르는 사는 것이 고달프고 불확실한 아찔한 삶이 되지 않도록 가꾸어야 한다.

세월은 붙잡아 둘 수도 없고, 물 흐르듯이 유유히 순리대로 가는 것이기에 그것을 이기거나 잡아보겠다고 힘을 주어, 목 놓아 외치고 붙잡을 필요는 이제는 없는 것이다. 더 비우고, 더 내려놓는 것이 삶의 진리가 될 것을 믿어보는 것이 옳은 판단이다.

자유와 여유로 서로에게 어떤 이익을 얻고, 챙기기 위한 잘못된 머리 회전을 멈추고, 마음 편히 사는 것이 제일이다. 주춧돌보다는 걸림돌은 되지 않고, 고임돌과 디딤돌로 희망의 힘과 기회를 주는 나눔과 베풂으로 과감하게 탈바꿈을 시켜야 한다. 그리고 새로운 비전과 각오로 도전의 용틀임을 내어 살고 싶더라도 마음을 다스리고 있어야 하는 것이 현실이 되고 있다.

"인생은 꿀맛처럼 재미나게 사는 거야"로 꿈과 목표는 다시 한번 야심 찬 도전과 추진으로 수정시키고 있다.

60년의 출발선을 넘은 인생길의 이어달리기도 처음과 같이 똑같은 마음이어야 한다.

내 마음에 꿈을 꾸었던 그곳을 찾아 떠날 것이다. 나지막한 언덕배기의 산과 들, 드넓은 바다와 구석구석 섬마을 등을 찾아가 걷고 오르고, 뛰고 달려보기도 하면서 환경에 살며시 끼어 보고 싶은 강렬한 충동이 숨 쉬고 있다.

'빨리'를 뒤로 하고, 느림보 거북이가 되어 아장아장 그 길을 따라 함께도 가보는 것이다.

길을 걷고 달리며 가다가 덥석 땅바닥에 포개고 앉아, 하늘 위의 양떼구름에도 올라보고 모퉁이에서 안녕하고 미소를 주는 홀몸의 들풀에게 흥얼흥얼 콧노래를 들려주며, 그리움의 추억을 꺼내어 노래도 불러보고, 자연과 가까운 사이로 그들의 소리에도 귀를 기울이며 가보는 것이다.

다시 찾은 인생 걸음마는 힘이 있는 심플함으로 삶을 노래하고 있을 것이다. 이상과 꿈이 아닌, 더 늦거나 기울기 전에 실행시켜야 할 현실 속의 먹잇감으로 만들어 가야만 한다.

또다시 펼쳐지는 멋지고 아름다운 삶 속에서 기쁨과 재미를 찾고, 손주들의 자지러지는 웃음의 재롱 속에서 새로운 인생의 맛과 멋을 찾아가며, 꿈과 희망을 연출시켜 노래하는 것이다.

결코, 인생길에서의 웃음꽃 피는 꿀맛 같은 행복은 바보 아빠의 가까이에서 예쁜 미소로 손짓을 하고 있고, 찾아온 행복을 잘도 쓰담쓰담하면서 가꾸고 성장시켜 준다면, 삶과 인생의 보람된 값진 선물로 남겨둘 수가 있는 것이다.

글감을 얻고, 기교가 일취월장으로 달구어져 연출시키는 깊은 감성과 감각으로 진한 맛과 멋이 살아 숨 쉬는 향기 나는 아름다운 글을 써 내려갈 것이다.

사람 사는 세상 이야기에 바보 아빠 인생의 모든 것을 담아내고, 착하고 예쁘게 태어난 최가네의 인생 예찬이라는 기나긴 장편의 역사적 수필을 고뇌에 찬 집필과 편집으로 정리시켜, 인생길 화려한 웃음꽃으로 피워야 하겠다고 다짐을 해두었다.

현재의 내 삶이 있게 눈물로 키워내신 부모님과 삶의 험난한 고통을 감내하며 새 삶의 기회를 만들어 주고 가족 사랑의 꽃을 피워 준 아내 수네 여사, 지혜, 지환이, 지원, 친지 그리고, 삶의 희망과 웃음꽃을 선물로 준 사위 아들 성환이와 준기, 착하고 예쁜 건강미인 며느리 시현이와 재은 공주, 든든한 우정의 힘을 내어준 친구(동기)들에게도 맑고 밝은 소리와 미소가 있는 무한대의 인사로 고맙고, 감사함과 계속 사랑하겠음을 전하고 싶다.

이제 먼 훗날에 책 몇 권(합창 소리, 몸부림, 가시덤풀, 할아버지 일기, 시집 등)은 최가네의 혼과 열정과 사랑이 담긴 아름다운 꿈과 희망이 되어 있을 것이다. 이는 삶의 야심 찬 도전의 산물로 만들어지고, 재산으로 남겨둘 수 있어 바보 아빠라는 존재에게 박수를 보내고 있다.

나를 비워 남을 채우는, 어제보다는 오늘이 더 좋은 삶으로 만들어 가며, 수국처럼 아름답고, 인동초처럼 질긴 웃음으로 사랑꽃을 피워내는 것이다.

2023년 11월의 어느 날에
바보의 쉼터에서 최정식

제1부
어디서 누구를
만날 것인가

I. 꾸러기와 하얀 손수건

때는 1961. 6. 9 아침 07시를 넘어 08시를 향해 가는 시간이었다. 아담한 초가집에서는 아침부터 사내아이의 힘이 있는 요란한 울음소리가 드넓은 들판 한가운데에 있는 작은 마을에 울려 퍼지고 있었다.

예쁜 엄마의 뱃속에서 나와 '응애'하며, 세상 밖으로 나온 아기 딸만 있는 집에 첫아들이 태어났으니 얼마나 경사스러운 일인가. 큰 기쁨이었을 것이다.

그 시절은 6.25전쟁을 거치면서 쌀 한 톨이 그리운 보릿고개로 분명 배고팠던 시절이다. 아니 많이도 고팠던 기억이다. 모내기 등 농사일로 바빴던 시절이라서 우리 어머니께서는 영양 보충을 못하셨나 보였다. 키는 큰 것 같은데, 삐쩍 마른 아이가 태어났으니 그렇다.

그렇게 아들이라고 축복으로 태어났으나, 초등학교 입학 전까지는 별다른 기억 속의 추억은 없었다. 아마도 하루걸러 다치고 말썽만 피우는 말썽꾸러기 소년이 아니었을까도 싶다. 이는 성장 과정을 거치면서 요즈음과 비추어 볼 때 짐작이 가는 추론이다.

그 시절엔, 한마을에 서너 집 말고는 다들 어렵게 살던 시절이었다. 내 부모님은 가뜩이나 더 어렵고 힘든 고생을 참으로 많이 하신 것 같다는 생각이 든다. 아팠던 눈물의 씨앗이 싹을 틔우는 잊지 못할 어린 시절이다.

세상 돌아가는 것을 조금은 알아가는 나이에서야 그 이유와 삶의 주어진 환경과 여건을 알 수 있었다.

재산이 넉넉하지 않았고, 가진 것이라고는 건강한 몸이 돈이고 재산이었다. 그러니 얼마나 더 힘들고 고달픈 삶이었는지를 짐작이 되었다. 남의 집 일의 품앗이와 날품도 많이 하셨을 것 같다는 생각이 머물고 있었다.

그 시절의 부모님들은 자식들과 함께 밥 한 끼를 굶기지 않으면서 먹고 살고, 키우고 가르치기 위해 진정 허리가 부러지도록 일만 하시었고, 고생을 많이도 하시었다는 생각들이 가득하다.

그런 와중에도 바보 소년은 삐쩍 마른 빈약한 몸으로 먹을 것과 입을 것 등 풍족하게 나누고 누리지도 못하는 형편이었지만, 어머니께서는 헛간에 키운 닭을 보양식으로 가끔 해주신 기억이 살아 숨 쉬고 있다.

그러나 유독 닭고기를 먹으면 머리가 아파 곤혹 치루는 일이 다반사이었고, 고작 닭 껍질과 목뼈를 유난히도 좋아하였다. 그것도 한두 점만 먹은 기억으로 남아 있다.

어린 시절부터 말썽꾸러기이고, 뭔가를 하면 끝을 보아야 하였는지는 몰라도 다치기를 많이 한 것 같다.

다쳐 쓰러진 아들을 등에 업고서, 이 병원 저 병원으로 병원을 찾아다니었으니, 우리 어머니는 얼마나 힘드시었을까 하는 기록이 되어 삶 속의 영화 한 편이 돌아가고 있었다.

풀을 뜯으며, 한적하게 노니는 커다란 어미 소를 건드리다가 소뿔에 이내 머리의 정중앙이 받치고, 엄청난 양의 피를 쏟아내어 면 소재지의 병원까지 한걸음에 달려가 치료한 일도 있었다.

앞집의 커다란 오디나무에 올라가 오디를 따먹고 노는 것은 좋았으나, 나무가 부러져 아래로 떨어지고 말았고, 하필이면 깨진 항아리 위로 떨어져 왼쪽 발의 종아리가 접촉되면서 찢어지는 큰 사고로 여러 바늘을 꿰맨 사건 등 다양하였다.

그러니, 얼마나 천방지축 개구쟁이였고, 말썽꾸러기이었을까도 싶다. 그 흉터는 지금도 그대로 몸에 남아 함께하고 있다.

그 시절 생전에 우리 어머님의 하신 말씀이 기억 속에 살아 숨 쉬고 있다. 잊지를 않고, 잊을 수가 없는 흔적들이다.

"정식아, 너는 너의 머리를 다 뽑아, 내 신발을 만들어 주어도 그 빚을 다 갚지는 못할 것이다."

그 말이 씨가 된 듯 생전에 다 갚지 못하였고, 나이 들어 조금은 갚으려는 시기가 저만치서 다가오고 있다고 손짓을 주고 있었던 어느 날, 어머니는 말없이 눈을 감고 돌아가시었다.

지금은 먼 하늘나라의 소풍 길에 올라 영면에 들었다. 보고 싶어도 볼 수가 없는 것으로 어머니에 대한 그리움만 쌓이고 있다.

아프고 시린 서글픈 눈물이다. 삶은 그렇게 예기치 않은 어느 순간에 소중하신 부모님께서 우리 곁을 떠나고 마는 것이다.

그러기에 '있을 때 잘해'라는 말도 유행어처럼 번지고 있었고, 아직도 그 말은 유효한 말인 것 같다는 생각이다. 그렇게 세월은 흘러 흘러 어느덧 초등학교에 입학하게 되었다. 어머님의 손을 잡고서 왼쪽 가슴에는 하얀 손수건을 달고 있었다.

아프기도 잘하고 다치기도 잘하던, 그런 삐쩍 마른 아이는 그래도 결석과 중등 치기는 안 하고, 보자기에 책과 노트 그리고, 어머니께서 싸주시었던 도시락을 등 뒤에 둘러메고, 아장아장 잘도 걷고 뛰어다닌 기억이다.

아프기를 잘하던 어린 시절로 공부하고는 담을 쌓고 있었고, 공부와의 인연은 없는 듯도 하였다. 딱 한 가지 잘한 거라고는 연필로 쓰는 글씨 하나는 잘 쓴 것이 오래된 기억으로 남아 저장되어 있다. 그 외에는 무엇 하나도 잘한 것이 없는 지극히 평범하고 순진한 천진난만한 말썽꾸러기 바보 소년이었다.

커다란 운동장에서 공을 잘 찬 것도 아니고, 남들 보다 손재주가 좋아서 구슬치기와 딱지 따먹기 놀이를 잘하거나, 볏단 뒤에 숨어 쌈 치기를 잘하여 돈을 따는 능력이 탁월한 것도 아니었다. 친구들과 잘도 어울리는 사교성이 좋은 것도 분명 아니었으니, 모두가 아니고, 또 아니고 이었다.

그래도 단 한 가지 깔끔하게 정리 정돈을 하는 것과 방학 숙제 잘하여 간 것 등을 보면, 착하고 순진하면서도, 나름은 책임과 정직함은 있어 보인 듯도 하였다.

그런 초등학교 6년의 시절은 별다른 특출함도 없이 그냥 그렇게 흘러간 것 같다.

여름 방학 숙제로 퇴비용 풀을 벤후, 말리어서 한 포대씩을 제출하였던 기억과 잔디 씨를 채취하고 잔디(뗏장)를 떠서 학교에 가져가던 일, 가을이면 겨울에 쓸 월동 채난용 솔방울을 따러 가던 일, 눈이 많이 내리면 학교 앞쪽에 위치한 야산으로 토끼 사냥을 가던 일이 흥미롭게 남아 어린 시절의 재미로 숨을 쉬면서 떠올려지고 있다.

그 시절엔 분명 힘에 부친 일도 많았다. 새마을운동이 한창이었고, 전국적으로 그런 운동이 자리를 잡던 시기였기에 노력 봉사와 먼 이웃 마을까지 일손 돕기를 나갔던 기억들이다.

세숫대야에 모래를 퍼 나르면서 한번 할 때마다 팔뚝에 도장을 찍어 확인하고, 일손을 돕다가 팔과 다리 등에 상처가 가득한 이야기들도 아련한 추억이었다.

그러고 보면, 바보 소년이 다닌 초등학교는 이제와 생각을 하여 보니, 면의 리 단위에 위치한 학교 중에는 규모가 큰 기억이다. 두 개 학급으로 한 반에 60명이 넘었고, 120명이나 되었다.

봄과 가을 소풍은 왜 그리도 먼 곳으로 갔는지 알 수는 없었다. 칠보발전소와 무성서원, 갈미절 등 지금 생각을 해보아도 아주 먼 길로 도시락 하나를 둘러메고 많이도 걸었던 기억이다.

소풍을 다녀온 후, 반대쪽의 동네에 사는 친구들은 장단지 하나는 두툼도 하였겠다 싶다. 그 친구들은 정말 수고로움이 많았고, 지금 같으면 안 가고 말 것 같은 먼 길이었다.

그 시절 소풍 갈 때는 제일 좋은 옷으로 갈아입어 멋도 부리었고, 얼마가 안 되는 돈이지만, 눈깔사탕과 우유과자를 한번은 사 먹을 돈이었고, 나름은 함박웃음 지으면서, 기쁨을 누리던 기억이 어린 시절의 멋으로 한가득이다.

그중에 제일은 역시 도시락이다. 단무지에 김치, 커다란 소세지 전을 붙이고, 삶은 계란과 프라이 한두 개이면 최고이었던 도시락과 그날의 하일라이트는 역시 보물찾기가 아니었는가도 싶다.

계란 프라이 하나를 누가 뺏어 먹을까 보아서 밥 위가 아닌, 도시락 맨 밑바닥에 숨겨두고 먹던 친구도 있었다고 한다. 그 친구의 집은 꽤나 잘 살았나 보다. 좀 나누어 주지 그랬을까도 싶다.

보물찾기로 연필과 노트 한 권이라도 타는 날에는 싱글벙글, 기분은 짱이었다. 미소를 짓던 보물찾기의 추억들이 떠올려지고 있다.

돌아오는 길에는 학교 앞 가게에 들러 실컷 군것질도 하고, 아침에 부모님이 주신 돈을 다 쓰고서야 집으로 오고 있었다. 이내 돈 따먹기(쌈 치기)를 좋아하던 친구들은 다리 밑과 움푹 파인 곳을 찾아 재미있는 놀이를 하고 있었다.

그것을 잘하던 친구들은 어디서 무얼 하는지 알 수는 없었다. 다들 삶이 어려운지 아니면, 죄를 많이 지었는지는 모를 일이다.

그렇게 세월이 가니 어느덧 초등학교는 졸업하게 되고, 아쉽게도 친구들과 이별 아닌 이별을 하게 되었다. 그때 헤어진 후, 아직도 단 한 번을 보지 못한 친구들이 많다는 것은 큰 아쉬움이다.

이유인즉, 학교 배치 규정에 의거 바보 소년은 태인면에 위치한 중학교로, 다른 친구들은 칠보면 소재 중학교와 북면의 중학교로 입학을 하게 되었다는 것이다.

그 시절의 학교와 운동장은 엄청나게 크다는 느낌이다. 어느 날의 익어가는 날에 사알짝 가서 보았더니, 왜 그리 작게만 보이고 느껴지던지요. 그렇게 세월은 흘러가는 것이었다.

그때 그 시절의 어린이이었지만, 무엇인지도 모르고 자랐기에 시대의 풍습에 젖어 부모님의 시름은 크시기만 하셨을 것 같다. 나름은 가난하고 풍요롭지는 못하였어도 행복한 시절을 살았던 기억으로 저장되어 있었다.

바보 소년의 부모님께서는 너무나도 고생스러운 삶을 사신 아프고 슬픈 기억들이 한가득 남아, 가슴 한켠에서 숨을 쉰다. 어린 시절의 풍경들은 회자되고 있다.

현재에 와서는 손주들이 태어나서부터 초등학교에 입학할 때까지 하루의 기억을 찾아주기 위해서 일거수일투족의 성장과 변화해가는 움직임, 활동들을 담아 글로 정리하여 저장시키고 있다. 할아버지가 된 바보 아빠는 정성을 다하여 일기를 쓰고 있다.

바보 소년의 꿈은 아직은 알 수가 없었다.

2. 자연 속에 순박한 동심 놀이

　오염되지 않은 그 시절의 자연은 시골 농부들에게는 풍요를 선물하여 주었다. 자연이 주는 모든 것은 그 자체가 퇴색되지 않았고, 오염되지 않은 맑고 밝은 깨끗함이 가득한 시절이었다.

　황사와 미세먼지도, 쓰레기 투기라는 것도 없었다. 종이로 된 빈 박스 등의 대부분은 부뚜막에서 불쏘시개와 땔감으로 충분하게 쓰이고 있었다.

　새싹이 돋는 봄이 오면 섬뜩한 뱀도 많았다. 마을 어귀의 논두렁과 밭두렁, 그리고 개울가 등 어느 곳이든 지나가게 되면, 물뱀과 꽃뱀, 독사, 도마뱀 등도 가득하였다.

　섬뜩한 뱀을 보면, 놀라면서도 회초리나 작대기 등으로 내리치고, 어느 때에는 한적한 곳에서 불을 피워 놓고 구워서 맛을 보며, 건강 장수를 바라기도 하였다. 철부지 바보 소년의 기억에 저장되었던 추억 하나를 꺼내어 전하고 있었다.

　봄이면 겨우내 가두어 두었던 저수지와 발전소에서는 물을 방류하고, 봄비까지 많은 양이 내리었다 어느 때에는 물 반 고기 반이라는 말이 실감 날 정도로 많았다.

　논에는 미꾸라지가 가득하여 쪽대로 논 안에 물골을 내어 밀고 다니면서 미꾸라지를 잡던 기억, 개울과 개울 사이의 중간을 흙으로 쌓아 막은 후에는 그 안의 물을 뿜어내고 물고기를 잡던 일, 동진강 강가에는 메기 등 고기가 얼마나 많았던지 작살 도구를 이용하여 고기를 잡던 어린 시절의 추억들도 많다.

'안되면 막고 품어라.'라는 이야기가 실감이 나는 어린 시절이었다. 그 시절, 당시에는 미꾸라지를 잡아 판매하는 일이 큰 수입원이 되던 시절이다. 현재는 대부분이 양식이고, 미꾸라지까지 수입하는 세상에서 살고 있다. 국산품만을 고집하면서는 살 수가 없는 시대가 도래되었다.

비가 많이도 내리던 날이면, 작은 개울가에 앉아서 망태를 이용하여 송사리를 잡고, 비 개인 후 물이 빠지면 노출된 붕어와 메기를 주워 담던 시절이다.

깊어가는 가을날의 늦은 밤에는 하천으로 달려갔다. 횃불을 밝히고, 톱을 이용하여 물고기를 잡아 매운탕을 끓여 먹던 매력에 빠지고 있었다. 시골에서의 멋진 낭만이었다. 시골 출신 친구들이나 사람들은 고향에 가면, 그런 추억들을 잊지 못하고 시래기가 듬뿍 들어가 있는 매운탕 집을 찾는 일이 빈번하였다. 시래기가 들어간 맛은 일품이다.

또 하나는 개구리를 잡던 아름다운 기억이다. 먹고 살기가 어려웠던 어려운 시절이기도 하였지만, 돈을 버는 수단이었다. 동물들의 먹이와 사람들의 보양식으로 많이 애용되기도 하였다.

논에 밀과 보리가 누렇게 익어갈 즈음에는 한 움큼씩 꺾어 나뭇가지로 불을 피우고 구워낸 다음, 손바닥에 올려놓고 비비었다. 알맹이를 먹던 얼굴은 그을음으로 화장이 되어 있었다. 서로 마주 보며 싱글벙글 웃던 시절이다.

봄부터 가을까지 논두렁과 밭두렁, 개울가를 찾아다니며 큼지막한 어미 개구리 만을 상대로 작살을 만들어 개구리 사냥을 하였다. 잡은 개구리를 건조시킨 후에 팔면 돈이 되는 시절이었다.

인접의 마을에서는 개구리를 전문으로 잡아 상품화하였다. 미국에 수출까지 하던 시절이다. 마을 어귀의 집집마다 실오라기 하나 걸치지 않은 개구리의 모습이 빨랫줄에 널리는 진풍경이었다.

깨 벗기고 열 맞추어 나란히 세워둔 모습은 보기 드문 풍경이고, 눈요기해 볼만 한 신비로운 연출이었다.

가을이면 결실의 계절이고, 누렇게 익은 황금빛 들녘에는 메뚜기 떼도 가득하였다. 메뚜기를 잡아 모닥불을 피워 놓고 구워 먹거나, 가마솥에 볶아내어 먹던 웃음꽃을 피우는 추억이다.

가을 지나 추위가 시작되면, 저 멀리 시베리아로 날아갔던 청둥오리 등 철새들도 다시 돌아와 동진강 강가에 자리 잡았다. 오르락내리락 철새들의 움직이는 소리와 형상은 멋진 아름다움으로 장관이다. 철새들은 낭만을 알고 있었다.

청둥오리를 잡기 위한 한 방편으로 콩에 독극물을 묻힌 다음, 잘 노닐던 곳에 뿌려 놓고 청둥오리가 먹게 하는 방법으로 잡는다. 잡는 사람은 신이 났겠지만, 그것은 불법이었다. 자연과 환경파괴라는 범죄이었다. 옛날이기에 가능하고, 잡을 수가 있었던 아련한 풍경이었다.

어느 날은 정이란 무엇일까를 큰소리 내어 부르며 강가를 걷다가 반대편에 쓰러져 있던 오리를 발견하면, 물속을 헤엄쳐 건너가 주어오던 기억도 있다. 그날 밤은 감기 몸살에 걸려 며칠을 고생한 아픈 기억이 추억 속의 명장면이 되어 떠올려지고 있다.

어머니께서 끓여주신 오리탕은 맛이 있었다. 무를 채 썰어 넣은 오리탕은 홍어회에 이어 마을 사람들이 인정하는 최고의 맛이었다. 마을 사람 모두가 이구동성으로 오가는 바보 어머니의 손맛이었다. 마을잔치의 맛은 어머니의 손에서 나오던 시절로 그립기도 하다.

날렵한 참새와 숨바꼭질하며, 낮과 밤으로 참새를 잡던 추억도 있다.

눈이 많이도 내린 다음 날, 양지바른 곳에 덫을 설치해 놓고 참새가 덫 안에 들어가 먹이를 쫓고 있으면 낚아채는 방법과 젓줄을 만들어 잡던 일, 깊어가는 밤에 초가지붕 사이에 만들어진 새집을 찾고, 플래시(전등)를 비추어 손을 넣어 생포하던 기억도 재미있는 추억의 반열에 올려놓고 있다.

전문 총잡이는 새총을 가지고 다니며 잡았고, '땅'하는 총알 한 방에 푹하고 말없이 떨어지는 참새이었다. '참새야! 참새야! 많이 아팠지. 인생은 말이야, 줄을 잘 서야 한단다.'로 위로를 해주기도 하였다.

새를 잡는 것은 재미가 있었고, 부뚜막 아궁이에서 통째로 구워 먹는 맛은 고소하였고, 맛있는 먹거리이었다.

무더운 여름날에는 아이스께끼(아이스케이크)가 최고이었다. 아이스께끼 장사 아저씨의 종소리에 집에 있는 각종 고물을 챙기어 가고, 빨강과 파랑, 주황의 플라스틱 큰 바가지를 주고 바꾸어 먹기도 하였다. 코를 흘리며, 막대기를 잡고 빨아먹던 잊을 수가 없는 꿀맛으로 감동이었다.

'아이스께끼'하는 소리도 우렁찼지만, 헛간에 가지런히 보관해 두었던 비료 포대를 몰래 들고 가서 '아이스께끼'와 바꾸어 먹던 기억이 떠올려지고 있다.

분명 그 시절은 풍요롭지는 못하였지만, 자연에서 많은 것을 얻고, 걷고 뛰고 달리면서 마음껏 나누고 누릴 수는 있었다. 지금은 더 좋은 세상이지만, 그때 그 시절도 나름은 사는 재미가 있었던 때 묻지 않은 좋은 날이었다.

이제 해야 할 일은 자연을 오염시키지 않고, 잘 관리하고 통제하여 지켜내어 자연이 주는 재앙으로 벌을 받는 일은 없어야 한다.

미래의 후손들에게 맑고 밝은 환경을 물려주는 것은 현재를 살아가는 사람들의 몫으로 분리수거와 재활용 등을 잘하는 일등가정과 시민이 되어간다면, 맑고 밝은 환경에서 기분 좋은 숨쉬기를 할 수 있을 것이다.

3. 동네 한 바퀴를 돌아가는 동심의 꽃

이제는 사람과 사람의 이야기로 접근한다.

바보 소년은 말수가 적고 조용하면서도 어떤 목표가 정해지면, 정성을 다하고 끝을 보는 끈질긴 집념이 있었던 어린이 절이다.

그 뚝심으로 여기까지 온 것 같고, 주어진 위협과 다가올 위협을 지혜와 슬기로 극복하면서, 달려온 삶이다.

동네 친구들은 15명이나 되었다. 제법 많은 친구들이다. 남자 11명은 잘도 어울려 다니었고, 친구들의 집을 오가면서 밥을 먹고 놀면서 잠을 자기도 하였다. 동네 한 바퀴를 휘리릭 걸었다.

바보 소년의 어머님을 포함하여 친구들의 어머니들은 정성과 사랑의 마음으로 따뜻한 밥 한 그릇을 수북이 담아 주시었다. 싫다고 귀찮다고, 잔소리나 짜증 한번을 내지 않으신 어머니이었다.

밥그릇과 국그릇으로 사용하였던 놋그릇과 사기그릇은 버리지를 않고, 현재에도 보관해 두고 있다. 간직해야 할 어머니의 유품이고, 그릇의 크기와 용량은 현재 사용하는 밥그릇의 두 세배는 되어 보이는 큰 그릇이다.

매년 2월의 정월대보름이 다가오면 집집마다 오곡찰밥과 각종 나물을 준비하고, 망우리와 쥐불 놀이를 하느라고 아이들과 어른들 모두는 너나없이 바쁜 시간이었다.

보름날에는 삼삼오오로 모여 친구의 집을 다니면서 삼시세

끼를 해결하였다. 밤이 되면 마을 간의 한바탕 재미가 있었던 망우리 놀이를 즐기었던 아름다운 영상들이 남아 있다. 어두운 밤하늘의 멋을 잘도 그려낸 한 편의 드라마이다.

지금 생각하면, 신기하고 재미도 있었다. 마을 단위 단합도 잘되었고, 자발적으로 참여하는 행동들이 강하였던 풍경이다. 누가 참석하라고 말을 안 해도 자발적이었다.

새마을운동의 일환으로 마을별 대청소와 꽃길 가꾸기 등도 하였다. 여자 친구들은 동네 길거리에 코스모스를 심으며 땀을 흘리었다. 나름 힘들어 보이기도 한 것은 아련한 추억이 되었다.

깊은 밤, 남의 집에 몰래 들어가 닭서리를 하였던 이야기도 빼놓을 수가 없다. 알면서 모른 척하였던 시절이다. 우리 집에 있던 닭들도 여러 번 닭서리의 대상이었다고 어머니는 말하였다. 누가 그랬는지를 알면서도, 그냥 모르는 척이다.

어머니는 누군가 먹고 싶어서 그랬나 보다 하고, 그냥 넘어가곤 했다고 말씀을 하셨다. 마음이 넉넉한 어머니였다. 지금이라도 자수하면 빛을 볼 수가 있을 것이다. 그런데 닭을 잡아먹은 사람은 아무런 말이 없다.

60년대는 6.25전쟁이 있었던 이후이고, 간첩 침투 등 안보 위협의 중요성이 강조되었다. 마을 단위로 무기고가 있었고, 실제로 총기도 보관하고 마을 어귀에는 개인호도 구축을 하였다. 마을을 지키겠다는 높은 안보의식의 발로이었다.

학교가 끝나면 삼삼오오로 모여 제기차기와 구슬치기, 자치기, 논두렁 야구 놀이와 공차기, 굵은 철사로 만든 농촌형 스키와 썰매 타기, 연날리기 등 상상 이상으로 많은 추억들이다. 현재에는 볼 수가 없는 기억 속에 아련한 추억으로 맴돌고만 있다.

놀다가 행여나 물에 빠지면, 볏짚과 나무 부스러기들을 주워 모아 모닥불을 피워 놓고, 양말을 말리던 기억도 새록새록 떠오르는 추억거리이다. 엄동설한은 많이도 추웠다.

구슬 보관함이 따로 있었고, 구슬치기의 계절이 돌아오면 알아서 구슬도 구입하고, 구슬함을 만드는 재주도 있었다.

여자들은 고무줄놀이, 뺀 따먹기와 공기놀이, X-자 놀이 등도 재미있는 놀이이었다. 누나와 함께 앞마당의 한켠에서 공기놀이와 뺀 따먹기 놀이를 하였던 기억이고, 늘 이기기만 한 것 같다. 나이가 들어 생각하니 미안함으로 다가왔고, 이기지 말고 져줄 것을 그랬다는 아쉬움이다. 누나는 동생이 밉기만 하였을 추억 속의 이야기이다.

어느덧 다들 성장하고, 60을 넘은 현시점에서 월 또는 분기에 한 번이라도 볼 수가 있는 친구는 그리 많지 않았다. 다들 어렵고 힘든 삶 속에서 먹고 살기로 바쁜 일상이다. 멀리 이민을 가고, 숨어버린 친구도 있었다.

초등학교를 졸업하고, 아직 한 번도 못 본 친구가 있으니, 안타깝고 애석한 마음만 가득하다. 어디서 무엇을 하고 있기에, 이생에서 다시 만날 수는 있을는지 알 수가 없다.

일과 중 빼 먹을 수 없는 것이 거의 매일 누렁 암소 한 마리를 끌고서 강둑으로 나아갔다. 소에게 풀을 뜯기고, 소에게 먹일 풀을 베고, 소가 먹을 죽을 끓이는 일 등 부모님이 시키는 일은 열심이었다. 현재에서 느끼는 것은 진정한 효는 심부름을 잘하는 것이었음을 알게 되었다.

어떤 친구는 소에게 풀을 뜯기고서 집으로 오는 길에 소의 등에 올라타고서 집에 가다가 떨어져 큰일이 날 뻔한 일도 있었다.

태어나서부터 초등학교 졸업할 때까지의 15년이라는 시간과 세월 후 어느새 훌쩍 가고 있었다. 잊을 수 없고, 버릴 수도 없는 간직하고픈 아련한 어린 시절의 추억들이다.

위의 글을 읽는 독자 여러분께서는 그 시절의 기억들이 있는지를 묻고 있었다. 그리고 어엿한 검정색상의 교복에 모자를 쓰고서 책가방을 든 바보 소년은 중학생이 되고 있었다.

4. 사는 것이 무엇인지 알아가던 나이

그해 2월 중순의 어느 날이다. 초등학교를 졸업한 바보 소년은 태인면에 위치한 태인중학교에 입학하였다.

아는 친구 한 명도 없이 어깨에 힘을 주고, 포부도 당당하게 입학하였다. 검정색 교복에 눌러 쓴 모자와는 잘 어울리는 귀여운 소년의 모습이었다. 왼손에는 가방을 들고 거수경례도 곧잘 하였다.

그 많던 120여 명의 초등학교의 친구들과는 본의 아닌 이별이었다. 오호! 애재라. 슬프도다. 아쉬움만 남아 숨 쉬었다

훤칠한 키에 멋드러지게 교복으로 갈아입고, 모자는 눌러쓰고, 아주 열심히 자전거 페달을 밟아가며, 매일 학교로 달려갔었다. 비 오고 눈이 내리고 바람이 불어도 학교 가는 일은 쉼 없는 반복이었다. 착한 모범생 바보 소년이었다.

그런데 이상한 일이 있었다. 우리 집보다도 훨씬 먼 동네에 사는 친구들은 자전거도 없이 무거운 책가방을 들고, 편도 6.0Km 이상을 걸어 다니는 학생들이 있었다. 아주 대단한 학생들이었다. 어느 여학생은 장딴지가 통통하였을 것 같은 생각이다.

입학식을 마치고, 반 배정이 되었다. 바보 소년은 1학년 1반이었고, 편성기준은 모르겠으나 좋은 느낌이고, 분위기였다.

어떤 친구를, 어떤 담임선생님을 만날 것이냐? 이것이 문제였다. 이제 와 알게 된 이야기이지만, 사람은 누구를 만나느냐가 인생의 승패를 좌우하는 중요한 변수의 요소라는 것을

말할 수가 있었다. 시작의 줄은 잘선 것이었다.

어느 날은 뜬금없이 학급 실장을 하라는 이야기에 이런 날벼락이 있단 말인가. 3월에 천둥 번개가 치는 일은 없었는데 이상하기도 하였고, 횡재하는 것 같은 느낌이었다. 바보 소년의 삶을 송두리째 바꾸어 놓는 계기가 된 횡재의 날이었다.

초등학교 시절에 분단장도 못 해본 바보 소년이 난생처음으로 감투를 써보게 되었다. 그렇게 꿈은 만들어 가고 있었고, 공부라는 것에 눈을 뜨기 시작하였다.

열중쉬어 차려 경례로부터 하나, 둘, 리더의 기술을 습득하기 시작이었다. 더불어 공부에도 전념하는 기회였다. 고마운 마음으로 담임선생님께는 마음에 선물도 드릴 줄 아는 바보 소년으로 성장하여 있었다.

공부에도 맛을 붙이고 기회가 주어지니, 공부가 그냥 쉽게 되는 아이러니의 상태이었다. 책상 위에서, 뒤뜰의 나무 그늘 아래에서 시원한 바람도 맞으며, 장소를 변경해 가면서 책과의 힘겨운 씨름도 재미가 있었고, 신이 났다.

이때부터 티끌 모아 태산이라는 것을 실천할 줄도 알았다. 가끔 주어지는 용돈과 집에 오신 손님들, 명절날에 받은 특별 보너스 덕에 돈의 귀함과 저축의 재미에 푹 빠지고, 우체국에 달려가는 횟수가 많아지고 있었다.

그 덕으로 기념 우표를 사서 모으는 취미도 얻게 되었다. 중학교 졸업식 날에는 저축상을 받는 기쁨도 누리었고, 하면 된다는 작은 꿈과 희망도 가지는 계기로 발전되었다.

그러나 중학교 3학년이 되던 봄날에 왼쪽 장딴지 부근에는 심한 문제가 발생하였다. 약 2개월여 동안은 학교에도 가지 못하고 방안 통수가 되는 신세가 되었다.

　면 소재지의 병원에 다녀도 원인을 찾지 못하고 시간은 흘러가고 있었다. 어느 날 태인면의 허가되지 않은 작은 동네 의원에 가서 아픈 곳을 칼로 째고서야 나을 수가 있었다. 인술로 피고름을 뽑아낸 다음에 몸은 점차 정상으로 회복이 되었다.

　그렇게 허송세월 보내다가 중학교 시절도 흐르고 마는 듯, 병 치료하다가 인생은 다 가고 있는 듯도 하였다. 허무와 허탈이 머물다 가고 있었다.

　다행스럽게도 결석은 많이 하였으나, 졸업을 할 수 있었던 것은 초등학교 동창이었던 친구의 아버지께서 담임선생님이셨기에, 덕분으로 졸업을 하게 된 것이 아닌가도 싶었다. 고마운 친구의 아버지이고, 선생님이었다.

　이런 암울한 시기에 세상에 태어나 담배를 피우고, 막걸리와 소주를 먹고 있었다. 그야말로 턱에 수염도 안 난 바보는 기호품을 가까이하고 있었다. 속은 매스껍고 구역질은 나오는데, 못된 것은 가르쳐 주지 않아도 알아서 잘도 하였다. 그러나 연애는 한 번도 해보지는 못하였다.

　공부도 알아서 척척 잘도 하여 주면 얼마나 예쁨을 받고 좋았을까도 싶다. 술을 입에 대기를 시작하였으니 큰일이었다. 부모님의 술 심부름으로 동네의 가게로 막걸리를 사러 갔다 오면서 홀짝홀짝 몰래 마시기 시작하였다.

　주전자와 정종병을 이용하여 막걸리를 사 오고, 한 모금 두 모금 마신 만큼의 부족량은 물로 채워갔다는 애기를 말하는 친구도 있었다.

그렇게 친구들과 떨어져 별도로 다른 학교에 간 것이 잘한 거라고 생각도 되었다. 가뜩이나 중학교를 졸업하는 시기가 되어가니, 철도 들어가기는 하였다.

이른 아침부터 해지고 어둑어둑할 때까지, 논과 밭을 오가면서 논 갈고 물 데고 모심고, 보리 베기로 고생하시는 부모님의 모습을 보니, 장남으로 태어난 바보 소년은 정신을 차리지 않으면 안 되겠구나, 하는 두려움도 엄습해오고 있었다.

그래, 그때 정신 차리길 넌 참 잘한 거야 인마이었다. 결국, 독한 마음을 먹고 부모님 부담도 덜어드리면서, 혼자서 할 수 있는 고등학교에 진학하였다. 마음 여린 중학생 시절도 세월에 묻히어 가고 있었다.

졸업식 때의 일이다. 저축상은 받았으나, 저축한 돈은 손에 건네지지 않고 있었다. 당시의 학생회장 등 임원들이 행사비로 유용한 사실을 뒤늦게 알게 되었다. 선생님을 이용한 학생들의 반란이고 사기이었다.

어린 시절에도 머쓱한 친구들이 있었으니 안타까움이었고, 그 상황을 승인한 선생님의 고충은 말을 할 수가 없는 고충이었을 것이다. 관여된 친구들은 나쁜 친구들의 족보에 올려놓은 아쉬움이 남는 시절이었다.

세월이 흐르니, 담임이었던 선생님은 한 분도 생존하여 계시지를 않았다. 아쉽고 안타깝기만 하였고, 인생무상이었다. 살아 계실 때에 한 번이라도 찾아뵈었어야 했는데, 그리움으로 남아 쌓이고 있었다.

어느 날 여기까지의 글들이 친구와 동기생들의 밴드와 SNS에 소개되면서 그 시절의 다양한 추억담을 댓글로 들려주는 친구들이 많았다.

　자전거도 없이 버스비 30원으로 배고픔을 달래기 위해 핫도그를 사 먹고 십리 길을 걸어갔다는 이야기와 가게에서의 군것질, 모여서 학교 가는 길에 나무에 올라 놀다가 시냇가에 떨어져 교복은 젖어서 생쥐 꼴이 되었다는 이야기도 있었다.

　허기를 달래기 위해 무를 뽑아먹던 이야기도, 예쁜 여학생을 자전거에 태우고 신나게 달리던 추억과 어머니의 심부름으로 막걸리를 사서 집으로 오다가 친구와 함께 밀밭에 숨어 술을 먹다가 이내 잠들었다는 이야기도 해주었다. 함께 공유할 수 있어 고마운 추억들이다.

　친구들은 아, 옛날이여 라고 이구동성으로 목소리를 내고 있었다. 풋내기의 향기가 나는 중학생 시절이었다. 이제는 사람과 사람의 이야기로 접근한다.

5. 어떻게 살 것인가 고민하던 청춘

　중학교를 졸업하고, 꿈과 희망을 꿈꾸는 고등학교에 입학하게 되었다. 초등학교로부터 고등학교 입학할 때까지의 9년이라는 세월은 앞이 안 보이는 빠름의 시간이었다.

　고등학생이 되면서 사람 사는 세상에는 조금은 눈을 뜨고 미리 준비하지 않고, 대비하지 않으면 큰일이 나겠다는 생각이 스쳐 지나가고 있었다. 이래서는 안 되겠구나, 무엇이든 한번 해보자 이었다.

　이후, 시작부터 뭔가 끊고 맺는 것은 분명히 하여야만 되겠다는 생각으로 다른 생각은 할 여유도 없이 공부에 전념하기로 작심을 하였다. 출발도 좋았다.

　'뜻이 있는 곳에 길이 있고, 노력하는 자에게 복이 따르고 주어지리니' 하고 무엇이든 최고가 되겠다는 생각으로 밀어붙이기 작전으로 정성과 노력을 하였다.

　이때부터 막고 품자는 전법은 시작되었고, '하면 된다. 할 수 있다. 해야 한다.'라는 굳은 신념과 각오이었다. '성실, 정직, 노력의 삶을 살자.'는 가치를 설정하게 되었다.

　그렇게 공부는 시작이 되었고, 기회도 주어지고 있었다. 고교 3년 내내 학급 실장을 하는 계기도 되었다. 돈이 생기면 저축하는 습관도 멈춤 없이 계속이었다. 착하고 순진한 청년의 냄새가 조금씩 생성이 되었다.

　그렇게 노력하고 실천하니, 세월은 흐르고 하나둘 결실을 맺기도 하였다. 괄목할 만한 성과도 얻어내고 있었다.

매 학기 성적우수상도 받고, 덤으로 효행상도 받았다. 열심히 잘하고 살라는 기회는 찾아오고 있었다. 예쁘게 보아주신 선생님의 덕분이기도 하였다.

고등학교 때에는 아프고 다친 기억도 없었다. 삐쩍 마르기는 하였지만, 건강하게 잘 지내면서 공부도 열심이었다. 그렇게 학교생활을 잘하고 있었다. 참으로 신기하고 다행이라는 생각이었다.

2학년 1학기의 월요일 아침이었다. 운동장에서 진행되는 전체 조회에서 뜻하지 않은 큰상도 받았다. 각 고등학교의 한 명에게 주어지는 2분기 등록금 수준의 장학증서와 장학금(75,000원)을 받는 기쁨도 누리고 있었다.

훗날 장학금을 주신 분이 잘되었으면 좋았을 것을, 최고의 위치에서 잘못되시는 바람에 누구인지 밝힐 수는 없고, 그냥 머쓱하게 되어 난감이었다.

그럴 즈음에 4년 선배이신 옆집의 선배 형은 사관학교 복장을 하고 휴가를 나왔었다. 어 저게 뭐지, 제복을 입은 모습이 어린 마음에는 멋지게 보였다. 생각해 보니, 출신 미상의 장교 후보생이었다.

이웃집 선배의 제복을 입은 모습에 매료가 되었다. 바보 소년에게 장교가 되는 꿈을 갖게 된 시발점이었다. "그래! 해보는 거야."로 야심 찬 꿈과 희망을 갖게 되는 계기가 되었다.

봄의 농사철에는 부모님의 모내기 일손을 안 도와 드릴 수도 없던 농촌이었다. 도와 드릴 방법을 찾다가 담임선생님께 말씀을 드리고, 후배 남녀학생 20여 명으로 모내기를 도와 드린 뿌듯한 추억도 살아 있었다. 어린 나이에 어떻게 그런 고상한 생각을 하였을까? 이었고, 착하고 기특한 아름다운 청년이 되어 있었다.

모내기하면서, 어머니께서 삶아주신 국수의 맛은 꿀맛이었다. 맛있게 먹었던 기억이 아련한 추억으로 미소 지음으로 기쁘게 다가와 회자 되고 있다. 특히, 어머니의 품이 그리울 때면 언제나 스쳐 가고 있었다.

어느 여름날에는 동진강보 주변으로 정읍에 있는 고등학교의 음악을 좋아하던 학생들이 악기를 가지고 천렵을 왔었다. 천막과 텐트를 쳐놓고, 여름방학 내내 연습하며 노래를 부르는 쨍하고 해 뜰 날 찾아오고 있었다.

나름은, 그룹사운드를 조직하고 방학을 이용하여 합숙 훈련을 하는 중이었다. 친구 중에는 현재에 음악을 하는 친구는 한명도 없다는 것이 문제의 핵심이었다.

당대에 유행하던 '나 어떡해'와 '세상모르고 살았노라'가 최고의 히트곡이었고, 음치인 바보 청년도 여러 번 목청을 높여 불러보았던 기억이 있다. 이제는 추억으로 남아 노래하고 있을 뿐이다.

내 집 근처에 왔다고 하여 밥도 여러 번 해먹이고, 김치 등 반찬도 제공하였다. 일부 친구들은 벌써 유명을 달리하였다. 무엇이 그리 바쁘다고 세월은 유수와 같이 흘러만 가고 있다.

가수 송대관의 쨍하고 해 뜰 날이 히트하던 시절이다. 연말 가수왕이 되도록 인기 엽서를 많이도 보낸 기억도 남아 있다. 중학교 선배로 동문 사랑의 응원이었다.

마을 친구하고는 땡볕의 어느 여름날에 동진강 깊은 물가에서 매일 물놀이와 천렵을 하면서, 물고기를 잡아 매운탕을 끓여 먹던 기억도 아련히 숨 쉬고 있었다.

어느 해 여름날에는 보따리를 매고, 대천 해수욕장까지(2박 3일)의 먼 길 여행을 떠나 해수욕을 즐기었다. 화합하고 단결하고 놀았던 것들이 꿈을 키워가던 고교 시절의 추억으로 새삼 그립기도 하였다.

안보가 중요시하던 시절이었다. 교련 교육을 받았고, 매년 사열이 계획되어 있었다. 사열을 준비하기 위해 연습하느라고 연병장을 뱅뱅 돌며 땀을 많이도 흘리었던 기억이 가득하다. 덕분에 안보관은 투철이었다.

어느 날에는 착한 건지, 순진한 건지 아니면 어리숙한 건지, 아련한 추억들도 스쳐 지나가고 있었다.

거의 국도 대부분이 비포장 길이었다. 덜컹덜컹 달리는 시내버스 안에서 우연히 마주친 초등학교 친구에게 안녕이라고 말 한마디도 건네지 못하고, 쑥스러워하였던, 순진한 일들도 있었다.

학교에 다니면서 후배로 들어온 초등학교 친구가 분명히 맞았는데, 말을 한번 건네지도 못하고 가슴 저리며 졸업하고 말았던, 어리둥절한 숙맥(菽麥)의 바보 청년이기도 하였다.

아, 그 시절로 딱 한 번만 돌아가면 안 되냐고 묻고도 싶었다. 어느 날 절대로 안 된다는 답이 카톡카톡, 바람을 타고 날아오고 있었다.

어느덧 고등학교 3학년은 되어가고, 대학은 가야 할 텐데, 걱정되는 불안감만 밀려오고 있었다.

결국, 학교 앞에 방을 얻어 자취라는 것을 하게 된다. 낮과 밤으로 학교 교실에서 친구들과 함께 공부에 전념하게 되었다.

바보 청년의 어머님은 큰아들이 끼니를 굶지는 않는지가 걱정을 하고 계시었다. 동생 편에 김치와 멸치 조림 등 밑반찬을 담아 보내주시었다. 얼마나 힘드셨을까도 싶다. 지극 정성을 담은 어머니의 자식 사랑이었다.

그 맛에 길들어진 최가네의 아이들은 할머니의 손맛이 있는 김치를 그리워하고 있었다. 이제는 아무리 불러도 대답은 없다. 김장철만 되면 매년 그 맛이 그리워지는 이유이었다.

대학은 보기 좋게 낙방이었다. 그리고 졸업하고 있었다. 대학을 진학하고, 기쁜 마음이 되어 졸업하면서 학교장 표창과 저축상도 받았으면 좋으련만, 모든 것은 눈물이 나는 아쉬움이었다. 죄를 지은 미안함만 쌓이고 있었다.

졸업식과 함께 당시 최고의 인기 메뉴이었던 700원짜리 자장면으로 배를 채우고, 다시 공부 하기로 결심했다. 어느 봄날에 서울로 가고 있었다.

인생길이 꼬이려나, 이상하게도 꼬이기 시작하였다. 친척집에 머물기로 하고, 학원 수강을 하면서는 콩나물시루 버스에 몸을 싣고 오가며, 재수 공부의 시작이었다.

시간은 흐르고 또 흘러가지만, 두 마리 토끼를 잡는다는 것은 결코 쉽지 않은 인내를 요구하고 있었다.

어느 날에는 학원 수강과 책을 보며, 가게도 지키었다. 그것도 모자라 식당과 술집에 과일 배달도 하고 있었다. 식당에서 서빙까지도 하는 나름 파란만장한 서울 생활이었다. 공부의 목적과는 정반대의 세월을 보내고 있었다.

그렇게 시간은 가고 세월은 흘렀다. 역으로 보따리를 꾸려서 꿈을 다 접어두고, 고향 앞으로의 도중하차이었다. 그해

추석 전 비둘기호에 몸을 실은 낙향이었다.

자칫, 판단을 잘못하여 다른 길을 선택하여 가고 있었더라면, 상상 초월의 끔찍한 상황은 어떻게 전개가 되었을 것인가로 두렵기도 하였다.

우여곡절 끝에 예비고사를 보았고, 대학을 진학하게 되는 기쁨을 누리었다. 사람 사는 세상 이야기는 엮어지고 있었다.

나이를 먹어가면서 학창 시절을 다시 열어보니, 그 시절 각 선생님의 모습도 보이고, 권력의 실세 속에 나쁜 모습들도 보였다. 이내 그런 모습이 모두가 추해 보이기도 하고, 어리둥절한 안쓰러움들 이기도 하였다. 아무리 힘들고 어려운 상황이 전개되더라도 자신을 속이어 가면서까지 부정한 방법으로 정직하지 못한 삶을 살지는 말자고 다짐하고, 또 다짐하여 보기도 하던 시절이 바보 청년에게는 있었다.

70년대 말을 함께 나누었던 친구 중에 여러 명은 이미 하늘나라에 가고 없었다. 그런 친구들끼리 새로운 모임을 결성하여 편히 쉬고 있으면 좋겠다. 여러 가지 이유가 있었겠지만, 안타까운 마음만 남는 친구들이었다.

이제는 청운의 꿈을 실현하는 도전의 기회로 대학 생활은 바보 청년을 기다리고 있었다.

6. 꿈꾸는 대학 생활의 시작

가을이고, 추석 명절이 다가오고 있었다. 바보 청년의 고향을 찾아가는 길은 아쉽고 쓸쓸함이 가득하였다. 비둘기호 열차에 지친 몸과 마음, 그리고 책 보따리를 실었다. 몇 시간 동안 철길을 달려 고향 정읍역에 도착하였다.

고향을 찾고 부모님 뵙는 것이 미소와 기쁨으로 선물 보따리가 되었으면 하는 마음은 간절하였으나, 무엇하나 얻은 것이 없는 아쉬움이었다. 그냥 조용히 지내는 것이 상책이었다.

말없이 살아온 길과 현재의 위치, 그리고 살아가야 할 불투명한 미래를 어찌하여야 할 것인가를 번민하면서, 가을철 수확기에 벼 베기 등의 허드렛일을 거들었다.

어느덧 겨울이었다. 그해의 겨울은 눈도 많았고, 세찬 바람은 모질게도 불어왔다. 두문불출로 밖에 나가고 들어오는 것도 싫었다. 외양간이 있는 부뚜막에 앉아 소가 먹을 죽을 끓이고, 어떻게 살아서 숨을 쉬어야 할 것인가에 대한 고민의 시간은 계속되었다.

그 시절의 소들은 참으로 행복하였다. 밭과 논 가는 일을 하니, 영양 보충으로 갖은 재료를 다 넣어서 만든 삼시세끼의 죽을 먹으며 살았다. 시대가 많이도 바뀌어 버린 현재에는 그냥 마른 볏짚을 얻어먹으면서, 일도 안 하고 때가 되면 돈벌이로 팔려 가는 신세로 전락하고 있다.

긴 시간 늘어져 가며 얻은 결론이었다. 살아가야 할 방법은 대학을 가는 것 이외에는 아무리 머리를 굴려 따져보아도 뾰

족한 방법으로 수의 논리를 찾기는 정녕 어려웠다. 달리 다른 해답은 확실하게 없었다.

농사를 지을 수도, 다시 서울로 올라가 리어카를 끌 수도 없는 난처한 처지이었다. 가난하지만, 어떻게든 대학을 가서 공부하는 방법 이외에는 살아갈 기회와 방법은 없음이었다. 대학을 가는 방법 이외에는 없음이 최종결론이었다.

하늘은 스스로 돕는 자를 돕는다고 하였던가. 많이도 울어 대니 지방대학의 문턱을 넘어 합격통지서를 받았다. 그때서야 축 늘어진 어깨는 활짝 펴지고 새로운 삶에 대한 도전은 시작되었다.

기회가 주어진다면 놓치지 말고 반드시 잡으라고 하지 않았던가. 생각과의 차이는 한계가 분명히 높을 수밖에는 없었다.

맑고 밝은 긍정의 마음으로 꿈같은 대학입학 등록을 하고, 수강 신청과 함께 꽃피는 3월 어느 날에는 입학식이 거행되었다. 초라한 모습이었지만, 어엿한 대학생이 되었다.

그러나 시작부터 무엇 하나 편안하게 이루어지는 것은 없었다. 등록금은 어떻게 마련이 되어 납부는 하였으나, 교통비와 책값, 용돈 등 과외의 기타 잡비가 큰 부담으로 다가오고 있었다. 당시에는 소 한 마리를 팔아 등록금을 내는 시대적 상황과 여건이었다. 큰 역할을 소들이 해주었다.

어렵고 힘든 환경과 여건이었다. 어떻게든 버티고 졸업은 하자고 다짐하고, 살아나가야 할 방법을 찾고 연구하기로 다짐하며 대학 생활을 시작하였다. 나쁜 머리로 지혜와 슬기의 총동원이었다.

강요와 통제된 12년의 초중고 생활을 뒤로하고, 자율과 책임 속에 자유와 여유가 가득한 대학 생활은 무엇이든 '자기하기 나름이다.'라는 해법을 얻고 있었다.

우선은 전공 분야 선택보다는 대학을 가자는 것에 우선을 두었기에 문학적 소질 또는 재능이 있어서 국어국문학과를 선택한 것은 절대 아니었다. 그냥 모르는 상태로 선택을 하였기에 이왕이면 다홍치마라고 국어 선생님을 하겠다는 목표를 두었다. 그리고 꿈을 향하여 정진하기로 하였다.

학비와 기타 잡비 등을 보충하기 위해서는 열심히 공부하여 장학금을 받겠다고 스스로 다짐을 하고, 채찍을 시작하였다.

그래도, 철없는 젊은이가 보기와는 달리 환경에 여건에 빠르게 적응하고, 대응하는 것은 다행스러운 일로 감동을 주고 있었다.

걷고 버스를 타고, 먼 거리를 결석은 하지 않고서, 강의도 잘 듣고 학교생활에도 나름은 열심이었다.

3번의 버스를 갈아타면서 학교에 다녔다. 수학의 정석 저자이신 홍성대 선배께서 고향에 지어준 명봉도서관을 이용하며 공부도 꾸준히 하고 있었다.

가끔은 대학을 다니던 친구들과 당구도 치고, 텁텁한 막걸리 한두 잔으로 목도 축이며, 시대를 논하여 보기도 하였다.

젊음을 마음껏 발산하고 만끽하였던 것 같은 기분 좋은 시절이고, 추억으로 간직도 되었다. 대학의 각종 생활에도 긍정의 마음으로 적극적인 참여와 공부도 게을리하지 않는 최선의 노력이었다.

어느 봄날에 강의를 마치고 집으로 가기 위하여 전주시 완산동의 시외버스 터미널에서 버스표를 구매하고 난 후에, 일은 시작되었다. 아담하게 꾸며진 대합실에 앉아 버스를 기다리고 있었다.

순간 눈이 번쩍 뜨이었다. 빨간 투피스의 옷을 예쁘게도 차려입은 젊은 아가씨가 옆을 스쳐 가고 있었다. 보아하니, 분명 학생 신분인 것 같았다. 말은 걸어 보지도 못하고 속으로만 피식 웃으면서 생각만 하는 것으로 순간은 그냥 넘어가고 있었다.

"우와, 예쁘다." 저 아가씨는 누구일까. 학생일까. 학생이면 어느 학교 어느 과이며, 어디에 사는 학생일까로 궁금한 것도 참 많았다.

그렇게 하루가 마무리되고, 밤새 뒤척거렸다. 다음날부터 학교 가는 목적은 달라지고는 있었다.

어제 본 여학생을 내일도 버스터미널에서 다시 만나기를 바보 청년은 두툼한 입술로 애꿎은 검지를 물어뜯어 되새기면서 소원을 빌었다.

아침 10시 정각 학교의 강의실이었다. 짧막한 순간이었다. 눈은 최대한 확장이 되어 동그랗게 떠지면서 한곳으로 고정이 되어 집중이었다. 바로 눈앞에서 예기치 않은 상황이 일어나고 있었다. 아니 걷잡을 수 없는 봇물이 터지고 있다는 것이 맞을 것 같은 표현이었다.

어제의 터미널 대합실에서 스쳐 지나간 빨간 투피스의 여학생, 그 아가씨가 내 앞에 나타나 있었다.

아뿔싸, 세상에 이런 일이 정말로 일어날 수도 있구나. 이것이 꿈이여 생시여 바짝 긴장이었다.

아주 커다란 저수지의 봇물이 터진 것이다. 그것은 어떻게

말로 형언할 수 없고, 터져버린 봇물을 막을 수 있는 방법은 보이지도 않았다. 달리 방법은 없었다.

이것이 무슨 운명의 장난이란 말인가.

그 운명의 서곡이 바보 청년 앞에서 시작되고 있다는 것이 콩당콩당, 기적의 종소리가 "땡땡땡"하고 울려 퍼지고 있었다.

그렇게, 사춘기 바보 청년의 가슴에 잠겨진 사랑의 문은 열리고 있었다. 어떻게 어떤 양념을 넣고 버무려야 제대로 된 사랑의 맛과 멋으로 간을 맞추고, 요리될 것인지로 깊은 고민에 빠져들었다.

그러니, 교수님의 강의 말씀이나 부모님의 말씀, 친구의 이야기도 당시에는 귀에도 들어 올 수가 없었다.

이후부터 길고 긴 사색의 시간에 들어갔다. 연애의 기본부터 정리하고 눈을 뜨면서 밤낮없이 몰입하였다. 연구에 연구를 거듭하면서 고뇌의 시간 속으로 여행을 떠나고 있었다. 맞춤형 작업 걸기의 시작이었다.

그러던 어느 날이었다. 교내를 산책하면서 학생 게시판에 게시된 게시물을 읽어 내려가는 순간이었다. 또 한 번 바보 청년의 눈은 어떤 게시물에 딱하고 자동으로 멈추어 서고, 눈은 고정이었다.

학생무관후보생, 일명 ROTC 장학생 후보생을 선발한다는 문구가 바보 청년의 눈에 들어왔기 때문이었다.

옳거니, 올 것이 왔구나. 바보 청년에게 딱 맞는 그토록 원하던 것이 아니었던가.

이후에 늦을까 두려워 빨간 투피스의 학생도 잊은 채로 신속하게 서류를 준비하여 제출하였다. 본격적으로 선발 규정에

의한 연습은 시작이었다. 악으로 깡으로 이기자 이었다. 서류
전형과 체력측정 등의 모든 평가가 끝이 났다.

시간이 흐른 어느 날이었다. 합격통지를 받고서 바보 청년
의 인생 역전은 조용히 시작되고 있었다.

4년간의 학비 부담과 기타 잡비 등도 한 번에 해결이 되었
다. 바보 청년의 삶에 절호의 기회가 찾아온 것이다. 요즈음
에 말하는 대박의 찬스, 로또에 당첨이 된 것 이상으로 인생
길에 절호의 기회였다.

한 가지 다행스러운 것은 어렵고 힘들게 사시는 부모님에게
학비에 대한 심적 부담을 덜어드리게 되었다. 소 몇 마리 값
의 돈을 번 것이다. 날아갈 것만 같은 기쁨이고, 미래의 희망
이 되었다.

바보 청년의 대학 생활은 언제나 맑음이었고, 꿈은 시작이
되고 있었다.

7. 빨간 투피스의 여인, 그리고 사랑꽃 피우기

한해의 봄과 여름, 가을의 시간은 어찌 되었든 그녀에게 말도 걸어 보지 못하고 주변만 맴맴 돌고 있었다. 아름다운 빨간 투피스의 여학생 때문인지는 몰라도 시간은 잘도 가고, 계절은 바뀌어 가고 있었다.

학교 도서관의 책을 뒤지면서 연애소설도 읽어보고, 쪽 편지와 긴 작문의 손편지도 지우기를 반복하였다.

열심히 공부하여 장학금도 받고, 부모님의 수고도 덜어 주기로 하였건만, 모든 것이 뒤죽박죽으로 나사가 한참이나 풀리고 있었다. 무엇하나 얻은 것과 잡은 것 없이 세월은 유유히 흘러가고 있었다.

하늘색 점퍼에 짙은 갈색 바지의 바보 청년은 양복 한 벌, 넥타이 하나도 없는 가난의 티를 내면서도, 언제나 수수하지만 가지런한 외모 덕에 그래도 폼이 나는 학생이었다.

이 세상에 태어나 처음으로 귀밑까지 휘날리는 장발 머리로 교내를 평정하지도 못하였다. 어느덧 세월은 흘러 겨울도 지나고, 2학년이 되었다.

그해 겨울은 책도 많이 보고 읽었건만, 전공과는 아무런 상관이 없는 연애소설 탐구자가 되었다.

연애의 정석에 대한 서적과 카메라 내지는 핸드폰이 있었으면 얼마나 좋았을까를 되뇌고 있었다. 좀 더 쉽게 기회를 잡을 수 있었을 것 같은 아쉬움만 가득 묻어난 대학생이었다. 인생 소풍 길에 멘토가 없었다.

대학 2학년이 되니, 어느 정도 대학 생활에는 적응이 되어 가고 있었다. 이제 본격적으로 전공과목에 대한 강의도 시작이 되었다. 국어 선생님이 되기 위한 교직과목을 신청하고 공부하면서, 그 꿈은 조금씩 성장하고 무르익어가고 있었다.

그러던 어느 날이었다. 빨간 투피스의 여학생과는 또다시 같은 강의실에서 마주치고 있었다는 사실이다. 이것이 무슨 운명의 장난은 아닐진대 무슨 일일까. 어느 날부터는 돌연 알 수 없는 심각한 상황이 전개되었다. 여학생은 바보 청년과 같은 과를 선택하고 있었다. 1학년은 학부별 모집이었기에 학과 구분도 없이 인문대학의 통합이었다.

세상에 이런 일도 있는 것이 분명하였다. 보기가 싫어도 어쩔 수 없이 아침이면 보아야 할 기적 같은 운명의 대학 생활은 시작되었다.

그런데 이상하였다. 여학생은 공부에는 별로 관심은 없었나. 옷을 입는 것을 보면 대부분 투피스의 치마 옷을 즐겨 입으면서 학교에 다녔다.

조금은 강렬한 무언가의 진한 냄새가 시작되었다.

그것은 교직 이수 과목에 대한 수강 신청은 안 하고 삼삼오오 모여 다니면서, 먹고 마시고 노는 궁리에 빠져드는 모습이었다. 저 여학생은 어째 조금은 이상하다 하고, 갈매기가 연속으로 체크 되어 날아다녔다. 사정없는 감점이었다.

그러던 어느 날이다. 하루의 모든 강의는 점심 전에 모두 끝이 났다.

"저~ 저기요. 이제 뭐 하실 거예요."

닭살이 솟구치고 있었다.

"시간 괜찮으시면 우리 점심이나 함께하지 않을래요?"로 말을 던지는 바보 청년이었다.

연애학 공부를 조금 하더니, 작업의 기술은 발전하였다. 그렇게 그녀와의 첫 번째는 아련하고 짜릿한 인연의 만남으로 시작되었다.

시간이 흐르면서, 여학생의 옆자리로 가끔 비집고 들어가 앉았다. 객사 주변의 아지트였던 준 커피숍과 완산동 막걸리 집도 드나들었다. 잘못되면 소 팔아 학교 다닌 보람은 한순간에 물거품이 되어 날아갈 것만 같은 긴박한 순간이었다.

석양의 노을을 연상시키는 잔잔한 물결이 흐르고 있었다. 모나코(Monaco), 아베마리아(Ave Maria) 등 놓치기 아까운 그 시절 최고의 음악에 달달한 커피, 에이스 찍어 한입을 넣으면, 하루의 해는 어느새 기울고 있었다. 짧은 낮 시간은 큰 아쉬움이었다.

가는 시간 멈추어 세울 수도 없었다. 바보 청년의 마음은 늘 콩닥콩닥, 애절하고 안타깝기만 하였다.

빨간 투피스의 여학생과의 인연은 엎치락뒤치락하며 숙명인 것처럼 변화하고, 발전되어 가고 있었다. 일보 전진은 있어도 일보 후퇴는 없었다. 무조건 앞으로만 이었다.

80년대 초는 방공과 방첩 등 안보를 무척이나 강조하였던 시절이다. 대학 생활 중에도 교련 교육을 받고 있었다. 안보가 우선이었다.

어느 여름날에는 1주일을 중부 전선의 00사단 GOP 철책으로 이동하여 최전방에서 실전 경계근무 체험하였다. 병영훈련의 기억은 좋은 느낌으로 잊을 수 없는 추억이 되어 저장 공간에 기록되었다.

그해의 가을에는 학도호국단의 선거도 다가오고 있었다. 대단한 열기로 후끈거렸다. 국어국문학과 대표로 출마한 바보 청년도 정식으로 후보 등록을 하고, 동료와 후배들의 적극적인 지원 속에 소규모의 선거를 위한 참모진도 구성하며, 본격적인 선거 활동에도 뛰어들었다.

역시나 선거 참모의 총책임자는 빨간 투피스의 여학생이었다. 힘이 있는 동료와 후배들의 유세 작전의 시작이었다. 선거 당일에는 유세전과 공약 등의 정견도 발표도 하였다. 이후 선거에서 압승하는 대이변 속에 기적은 일어난 것이다. 인문대학 학생장에까지 올라 큰 혜택과 명예도 얻고, 봉사도 하는 계기이었다.

보아하니, 빨간 투피스의 여학생은 주변의 동료와 후배들도 잘 따랐다. 더불어 통솔력과 포용력이 뛰어난 것은 분명한 사실이었다.

덕분에 여학생과의 관계는 급진전하게 되었고, 도내의 명소를 찾아다니며 사랑이라는 아름다운 꽃을 피우기 위하여 사랑 농사의 씨앗은 뿌려지고 있었다.

훼방꾼의 친구도 있었다. 친구는 참으로 나쁘고 이상도 하였다. 여학생에게 고자질할 것이 없어서 사나이가 배신하고 있었다. 사는 환경과 여건이 수확한 촌놈이라는 것이다.

세상은 참이었다. '믿을 놈이 한 사람도 없구나.'하고, 먼 하늘을 바라보며 하염없는 되새김만을 하고 있었다.

그렇게 세월은 흘러가고, 눈은 펑펑 많이도 내리었다.

남자들은 국방의 의무를 성실히 수행하기 위하여 군에 입대하고, 환송한 이후에는 군대를 마치고 복학을 하는 예비역이 많아지고 있었다.

추위가 엄습하는 겨울이었다. 바보 청년에게는 겨울은 그래도 따뜻하고 포근한 온기가 있었다. 잠시이었다. 얼마 후, 생각하기 싫은 매서운 겨울 한파는 소리 소문도 없이 찾아오고 있었다. 바로 ROTC후보생의 가입단 교육이 기다리고 있었다. 그해의 겨울은 상상하기도 싫은 끔찍한 겨울한파가 휘몰아치고 있었다. 봄이 되면 3학년이었다.

8. 꿈과 도전, 사랑의 열매가 열리던 시절

　총학생회장 선거가 끝나고, 학도호국단이 구성되었다. 1월의 어느 날 내장산 관광호텔에서 단합대회가 있었다.

　인문대학의 학생장으로서 꿈과 희망과 포부도 구상하고, 어떻게 할 것인가를 고민하는 시간도 가져보았다. 그리고 대학 3학년의 개학식 날만을 손꼽아 기다리던 2월의 어느 날이었다. 학교 게시판에는 학군단의 1년차 후보생을 대상으로 하는 가입단 교육이 있다는 안내문이 게시판에 대문짝만하게 공지가 되었다.

　'큰일이었다. 드디어 올 것이 왔다.' 깜짝 놀람과 탄식이었다. 기대하였던 봄날은 가고, 암울한 시기의 어둠이 소리 없이 밀려왔다. 이후, 2주간을 집에도 못 가고, 자취하는 친구의 집을 찾아가 자초지종을 이야기하였다. 교련복을 빌려 입고서 학군단으로 죽을 둥 살 둥 무엇이 빠지도록 뛰어 올라갔다.

　집에도 못 가고 하루 8시간, 2주간을 꼼짝없이 잡히었다. 친구에게 신세를 지고 있었다. 잠깐의 자투리 시간에 입에 문 한 까치의 담배에서 한 모금 깊게 빨아들이는 맛은 훈련에 참가한 사람들만이 알 수가 있었다.

　국방부 시계는 거꾸로 매달아 놓아도 잘도 돌아간다는 말처럼 2주는 빠르게 지나가고 있었다. 단복과 전투복 등 후보생이 되기 위한 복장부터 하나둘 치수를 재고 지급도 받았다. 그해의 겨울은 유난히도 추웠다. 친구가 고마운 겨울이었다.

　대학 3학년의 1년은 바람 잘 날이 없는 다시는 경험하고 싶지 않은 지옥의 세계이었다. 단 한 번도 경험하지 못한 오금이 서리는 시간이었다. 사람이 밉고 싫어진 것이다.

지금도 함께한 동기들이 삼삼오오 모이면, 박장대소하면서도 한마디의 말속에는 뼈가 시려오는 아픔과 고통이었다고, 긴 한숨과 눈시울이 붉혀지기도 하였다.

웃음 속에서도 말을 할 수는 없고, 공개할 수도 없었던 추억의 뒷이야기는 그곳에서 죽지를 않고서 살아 숨을 쉬면서 구전이 되어 회자 되었다. 죄를 짓지 않아야 하는 이유였다. 그런 가운데에서도 전공과 군사학 공부는 게을리하지 않았고, 매 학기 성적은 나쁘지 않은 결과로 언제나 뿌듯한 포만감을 주었다.

연일 계속되는 대학 생활과 학군단 생활도 멋진 단복으로 차려입고서 품새는 났으나, 속은 속이 아니었던 기억으로 가득하다. 누구는 매일 보이지 않는 눈물을 흘리면서 웃고 있었는데, 그 마음을 누가 알고 대변하여 줄 것인가. 아무도 없었다. 그런 상황에서도 빨간 투피스의 여학생은 나들이 다니기도 시간이 부족한 바쁨이었다. 시험 기간은 다가오건만 공부는 안 하고 노는 재미에 시간을 보내고 있었다. 전국을 돌아다니면서 여행하는 생활이 계속되었다. 낭만이 뜀박질하는 대학 생활은 제대로 하고 있었다. "애고, 빨간 투피스 아가씨는 도대체 무엇이 되려고 그러니?"하고 위안 삼고 토닥이는 것이 전부였다.

그러던 어느 날, 1학기 전공과목의 기말고사 시험시간이었다. 우리 과에는 동기생이 한 명 있었는데 어떻게 하려는지, 동기생 친구도 공부에는 관심은 별로 없고, 시험 시기만 되면 바보 청년의 가까이에 앉아 놀기를 좋아하고 있었다. 거짓이 아닌 진실이었다.

시험시간은 다가오고, 두 사람은 바보 청년의 좌청룡과 우백호도 아니면서 옆자리에 포진하여 앉아 있었다. 의기양양이다. 답안 작성은 아니 하고, 바보 청년에게 모든 시선은 집중하고 있었다. 보다 못한 담당 교수님께서는 여학생의 이름을 불러도 막무가내이었다. 넉살도, 배짱도 최고이었다.

"거기 000, 000 너네는 뭐 하고 있는 거니"

"너희 둘은 왜 그래."

"교수님 저는 잘 몰라요. 애들 둘이서 거시기하게 자꾸자꾸 그래요."

훗날 동기생은 나이 50이 되기 전에 무엇이 급하다고 먼 하늘나라로 소풍 가고, 다시는 볼 수가 없는 사람이 되었다.

깊어만 가는 가을날에, 아주 이상한 이야기도 들려오고 있었다. 교직 이수 강의를 듣기 때문에 가끔은 사범대학의 국어교육과 학생들과 함께했다. 학생 중에는 가녀린 여학생 한 명이 바보 청년을 무척이나 좋아하여 사랑에 빠지고 말았다는 믿을 수 없고, 믿기지 않는 이야기가 흘러나오고 있었다.

"우와, 그런 병도 있었구나." 짝사랑에 상사병이라 하였다.

"헐, 그러십니까. 그걸 왜 이제야 이야기를 하여 주시나요." 순간 깜짝 놀라고 있었고, 중간에서 빨간 투피스 여학생이 차단한 것은 아닌지 두려운 마음이었다. 훗날에 여학생은 짝사랑에 빠져 상처를 입고, 더 이상의 학교생활은 포기한 채로 휴학하였다는 이야기를 듣고 있었다.

"오호! 애재라. 안타깝고 무척이나 아쉽구나."

"애정 표현을 직접 좀 하시지 그러셨나요?"를 말하고 있었으나 알고 보니, 죄를 짓고 있었다.

가을 어느 날, ROTC 후보생이 누릴 수 있는 특별한 무도회가 기다리고 있었다. 무도회에는 헌신과 새 신발의 짝이 아닌, 남녀의 짝이 함께하는 우아하고 아름다운 밤의 축제가 열리는 기쁜 미소의 포근함이 있는 축제이었다. 축제에 함께하는 여학생은 선택받는 사람으로 삶 속에 운과 복이 가득한 사람들이다. 빨간 투피스의 여학생이었던 그녀도 잘난 바보 청년의 덕으로 화려한 외출에 동행하는 행운을 함께 하고 있었다.

봄이 지나 여름이 가고 가을이 다가오니, 혹한의 1년차 생활도 쓰라린 고통의 아픈 기억으로 남고 있었다. 새로운 1년차 후보생들은 가입단을 하고 잔뜩 움츠린 모습이었다.

1년의 시간은 인문대학 학생장으로 역할과 활동, 꿈과 희망의 날개도 완전하게 펴 보지는 못하였다. 조용히 후임자에게 넘겨주어야 하는 시기가 오고 있었다.

대학 생활은 복사꽃이 피는 봄날은 가까이에서 날갯짓을 하며, 다가오고 있었다. 진짜의 봄날이 오고 있었다.

인문대학 학생장 최 정 식

9. 나아가야 할 방향은

　지난 1년의 힘들었던 아픔과 고통의 순간을 잘도 참고 극복하여서일까. 복수초가 엄동설한을 뚫고 꽃망울을 터트리기 시작하니, 가까이에서 봄은 오고 있었다.

　얼어붙었던 동토의 땅이 햇빛을 보니 서서히 녹아내리고, 강요와 통제의 극한 한계를 벗어나 어느새 자유와 여유로움이 묻어나는 4학년의 대학 생활은 시작이었다.

　그날들의 아픔을 되풀이하지 않기 위하여 마음을 고쳐먹고, 착한 선배로 남기로 하였다. 2명의 과 후배에게는 성실한 선배로 부담을 주지 않으려고 노력을 하였다. 그 마음은 잘 모르는 것도 같은 느낌은 있었다.

　하숙집 아주머니가 해주시는 밥맛은 꿀맛이었다. 이제 1년 후를 생각하고 남은 대학 생활은 후회 없이 보내겠다고 다짐도 하였다.

　5월이었다. 약 1개월여의 선생님이 되기 위한 교생실습은 고향의 모교로 배정을 받았다. 열심히 공부하고 노력하는 깊은 마음으로 2학년 1반의 부담임과 학생을 가르치며, 교생실습 종료일을 얼마 남겨두고는 연구수업도 진행하였다.

　선생님이 되기 위한 과정은 그렇게 시작되었고, 다수의 교생 선생님들과 함께 서로 돕고 대화를 나누며 소통의 시간은 나누었다. 지도 선생님의 도움을 받으면서 보람된 예비 선생님으로서의 소박하고 멋진 꿈을 키워나가고 있었다.

　교생실습 기간 중, 우연치 않게 스승의 날이 포함되어, 여학생이 달아주는 카네이션도 달아보는 재미가 있었다. 예비 선생님의 얼굴에는 웃음꽃이 피었다. 기쁨이었다.

현재에는 바보 청년을 가르치시었던 담임선생님과 과목별 선생님 중에는 대부분 작고하시어, 더 이상 보고 싶어도 볼 수 없게 되었다. 아쉬움 가득하고, 쓸쓸함이 넘친다.

그러던 어느 날에는 느닷없는 전갈이 교실로 날아들었다. "최정식 교생 선생님! 어떤 젊은 여자분이 면회 겸 위문을 왔습니다."라고 하였다.

"네?, 저는 면회나 위문을 올 아가씨는 없습니다."

혹시나 하고 한참을 지켜보았더니, 역시나 면회를 온 주인공은 빨간 투피스 여학생이었다.

이거 난감이었다. 이후 입방아에 오르고 있었다.

"교생 선생님!, 그 여자분은 누구세요?"

어서 말을 하라고 독촉을 받고 있었다.

"이놈들아! 학생들은 몰라도 된단다. 어여 공부나 열심히 하거라"

긴박한 위기의 순간을 모면하고 넘길 수가 있었다.

교생실습 기간의 반환점을 돌아 시간은 잘도 가고 있었다. 어느 날에는 점심을 먹고 오후수업이 진행되니, 학생들은 나른한 작전이 있었다. 순간, 어느 여학생 한 명은 손을 들고 일어나더니, 질문이 아닌 건의를 해오고 있었다.

"선생님! 응, 00학생, 왜 그러시나요. 저기요. 선생님 노래 한 곡만 불러주세요" 교생선생 바보 청년은 난감하였다.

여학생의 순수에 바보 청년 교생선생은 한 방을 맞고 있었다. 이후, 노래를 부르기는 하였다. 그러나 어떤 노래를 불렀는지 알 수는 없었다.

교생실습 마지막 4주 차가 시작되었고, 연구수업이 시작되었다. 치밀하게 준비하여 반복으로 연습하였다. 그리고 연구수업은 훌륭하게 마치고 있었다. 이후, 대학 생활의 봄날은 서서히 찾아오고 있었다.

지금부터는 건강관리 잘하고, 강의 빠지지 않고 잘 듣고, 중간과 기말고사 시험도 잘 보고, 연말에 있을 임관시험도 잘 보면, 학교생활은 신나게 누리는 것이었다.

그러면 4년의 대학 생활은 모두가 끝나게 되고, 칠만 촉광에 빛나는 소위 계급장을 달고서 영광스러운 장교임관을 하게 되는 것이다.

어느 가을날부터인가는 기이한 일이 일어나고 있었다. 오전의 시간에 우리 집에는 부르릉부르릉하고, 오토바이의 커다란 엔진소리가 우렁차게 들려오고 있었다.

이게 누구신가요. 바로 빨간 투피스의 여학생이었다. 여학생이 남자도 타기 힘든 것이거늘, 어찌 오토바이도 아니고, 250cc 오토바이를 타고 나타난 것이다.

우리 집과 동네는 난리이었다. 어머니의 하시는 말씀은

"누구시오? 누구시길래? 아가씨가 오토바이를 타고 오시었소?" 하니, 여학생의 하는 말이 가관이었다.

"저는 최정식이 친구이에요"

"뭣이라고"

뒤로 넘어질 정도로 휘청거리고 계시는 어머니이었다.

그렇게 해는 지고, 숨 가쁘게 움직여진 시간도 흘러가고 있었다. 깊은 밤 지나니 어김없이 새 아침은 밝아오고 있었다.

빨간 투피스의 여학생은 여동생이 둘도 아니고 셋이나 있었다. 그런데, 하루가 멀다 않고 학교에 찾아오고, 시골집으로 놀러 오고 있었다. 터진 봇물을 감당하느라 준비된 것 없는 주머니가 허전하였다.

어느 날이었다. 지난날을 회상하면서 느낀 감정은 아마도 빨간 투피스의 여학생 집에서는 이놈이 과연 괜찮은 놈인가. 우리 언니의 짝으로 이상은 없는지 정황을 판단하고 결정하기 위하여 파견된 정보 및 첩보원이었구나 라고 생각이 되었다.

사는 환경과 여건을 보니, 어느 드라마나 영화에서 볼 수나 있는 빈민촌의 아들로 보이고 있었다. 셋째 딸을 주려고 생각하니, 갑갑하기는 하였던 모양새였다.

나이 60을 넘은 현시점에서는 셋째 딸이었던 아내 수네 여사가 그래도 부의 축적은 부족하지만, 9명의 형제자매 중에는 제일 행복한 삶을 누리며 잘살고 있다는 것은 분명한 사실이었다.

그해 가을날의 무도회에도 빨간 투피스의 여학생은 다시 초대를 받는 행운을 얻었다. 한복으로 곱게 차려입은 아름다운 자태의 멋으로 가득한 여학생과의 가을밤은 그렇게 깊어만 가고 있었다.

이후, 학교생활과 시험은 모두 끝이 나고, 졸업과 임관을 앞둔 어느 날은 청천벽력 같은 위험한 통보가 날아오고 있었다. 임관을 앞두고 찾아온 위기였다.

국군 논산병원에 가서 신체검사를 다시 받으라는 이야기이다. 가슴 X-레이 상에서 문제가 있다는 것으로 재신검의 통보이었다. 긴 겨울날에 암울함이 밀려온 것이다.

가슴은 콩닥콩닥 뛰었다. 두근반세근반을 넘어서 논산발 비둘기호에 몸을 싣고서 그곳 국군 병원으로 가고 있었다. 재신체검사를 받으러 가는 길에는 빨간 투피스의 여학생이 동행해 주고 있었다. 급발전이었다.

재신검이 끝난 이후, 다행히도 '이상 없음' 판정을 받고서야 무사히 통과할 수 있었다. 내심은 1년 차의 후보생 시절에 지지리도 못난 선배들로부터 강압적으로 가슴을 집중 구타를 당하여 이상이 있는 것은 아닌지 번민을 많이도 하였다.

당시에는 선배들이 많이도 미웠고, 야속도 하였다. 훗날에 전해오는 웃고 싶어도 웃을 수 없는 이야기는 지금까지도 버리지 못하고 전하여지고 있었다. 그냥 전설 따라 삼천리 같은 훨훨 간직하기가 싫은 느낌이었다.

그렇게 시간은 가고, 세월은 흘러 2월 말이 되었다. 꿈같은 대학을 졸업하고, 3월 둘째 날에는 육군전투병과학교에서 영광스러운 장교로 임관을 하였다.

졸업식에는 부모님과 친구, 빨간 투피스 아가씨의 가족들까지 많이도 오셨다.

그동안 흘린 피와 땀의 아름다운 결실이었고, 빛나는 훈장이었다. 임관성적이 좋아 표창도 받았다. 그 속에는 좋지 못하고 간직하기 싫은 것들도 있었다.

위에서 언급된 '빨간 투피스의 여학생'은 현재는 바보 아빠의 아내 수네 여사이었음을 미리 밝혀 두고 있었다.

군 생활은 시작이 되었다. 그리고 새로운 기회이고, 삶의 전환점에서 아름다운 도전은 분명하게 다가오고 있었다.

제2부
어느 날 무한경쟁은
소리 없이 시작되었다

10. 청운의 꿈과 삶의 도전

"그런 슬픈 눈으로 나를 보지 말아요. 가버린 날들이지만 잊어지진 않을 거예요. 오늘처럼 비가 내리면 창문 너머 어렴풋이 옛 생각이 나겠지요."

산울림의 노래가 애잔하게 흐르고 있다.

드디어, 대학도 졸업하고, 영광스럽게도 칠만 촉광에 빛나는 소위 계급장을 달고서, 육군의 포병장교로 임관을 하였다.

이제는 리더로서의 부여되는 임무와 역할을 완수하기 위하여 육군포병학교(상무대)에서 초등군사반(OBC)교육을 받기 위해 입교를 하였다.

바보를 포함하여 전국의 각 대학에서 임관한 동기들 중에는 헤어지기 싫은 아쉬움이 가득한 날이 되고 있음을 실감하고 있었다.

부모님과 빨간 투피스의 아가씨 그리고, 친구들과 이제는 헤어져야 하고 자주 볼 수가 없다. 외출 또는 외박, 교육종료 후에 명령에 의거 야전부대에 배치되기 전에는 그럴 수밖에는 없었다.

바보 청년도 부모님과 친척, 친구들 그리고, 빨간 투피스 아가씨와도 훌쩍훌쩍 이별을 고하고 있었다. 양어깨에 샌드백을 메고, 007 가방을 들고서 익산역에서 송정리로 향하는 열차에 올랐다.

전국의 주요 열차 역에서는 약 3,500여 명의 대규모 인원이 시간 계획에 의거 동시 수송 작전이 펼쳐지고 있었다. 수

송병과 최고의 수송 작전이었다.

이제는 우리가 헤어져야 할 시간입니다. 군악대의 연주 속에 아쉽게도 손을 흔들면서 열차에 오르고 있었다.

열차는 빵하고 출발을 알리는 기적소리와 함께 역을 빠져나가고, 연신 손을 흔들면서 'bye. bye'를 소리 없이 외치었다. 만감이 교차하는 순간이 분명하였다.

바보 소위는 절대로 눈물을 훌쩍훌쩍하지 않았음을 고하고, 난 가기 싫어 정말이야, 가기 싫단 말이야 하면서도 소리 없이 가슴으로는 눈물이 나고 있었다.

이제 본격적인 군 생활은 시작이다. 대학 생활 때의 군사학 공부와는 전혀 관련이 없다. 이곳 전투병과 학교 내의 포병학교에서 약 4개월여 기간, 병과별 직책별 임무 수행에 맞는 공부를 열심히 해야만 하였다. 훈련, 측정과 평가는 많기도 하였다.

놀고먹고 자고 할 수 있는 몸과 마음의 자유와 여유가 없고, 저 멀리 사라져 가고 보이지를 않았다.

알아야 한다. 공부, 공부 또 공부해야 한다. 보병은 '나를 따르라.' 화학은 '알아야 산다.' 통신은 '통하라'였다.(다른 병과는 노병이 되어 기억이 없다.)

병과학교별 교육입교식이 끝난 후부터 험난한 가시방석의 공부와 훈련은 시작되었다. 어느 날부터는 핑하고 돌아버릴 뻔한 날도 있었다.

국어국문학과를 나온 바보 소위는 보병도 아닌 포병 병과를 선택하고 있었으니, 쉽게 잘될 일은 없었다.

병과 선택은 후보생 시절의 성적이 좋아서였다. 학교에 배정된 포병 병과 덕에 바보 소위는 선택되는 행운으로, 그때까지는 미소를 지으면서 만족한 표정을 짓고 있었다.

그러니, 애꿎게도 내무반의 옆 동료이었던 친구들은 바보 소위 때문에 수고가 더 많았다. 지금도 친구들을 보면 애정이 가고, 좋은 사람 좋은 인연으로 남아 간직하고 있다. 혼자 하는 짝사랑이 아니길 바라면서다. 우리는 3포대 10구대 10내무반이었다.

교육받을 때는 애를 먹었지만, 야전부대에 배치되어 가서는 관측장교, 전포대장, 사격 지휘 장교, 인사장교 등 '어려운 직책을 멋지게 임무 완수도 잘하였다.'라고 평가를 받기도 했다.

그렇게 바보는 '한다면 한다. 할 수 있다. 해야 한다.'라는 강인한 정신으로 잘도 버티었고, 야전부대에 가서도 '잘 할 수 있겠다.'라는 굳은 신념과 의지는 매우 강하였다고 회자되었다.

불철주야 나라를 지켜야 한다는 신념은 좋았다. 자대배치 부대가 발표되면서 술렁이면서, 복잡한 전개가 되었다.

애고, 지지리도 복도 없는 놈이로구나.

좀 가까운 곳으로 보내주지. 그러냐고 볼멘소리를 내면서 슬픈 눈물을 글썽이었다. 강원 고성의 뇌종부대로 우리나라 동쪽의 최전방이고, 끝이었다.

'어떻게 떨어져도 그 먼 곳으로!'라고 말을 하며, '오호! 애재로다.' 긴 한숨만 나오고 있었다.

바보 소위의 마음도 착잡한데, 부모님은 어떡하시고, 또 빨간 투피스 아가씨는 어떡하라고, 하느님께서는 무심도 하시지 어떻게 이런 큰 벌을 주시옵니까. 어느 날부터는 체념이었다.

부대 배치의 화풀이는 축구장보다 훨씬 커다란 대연병장의 잔디 위에 살아 숨 쉬는 하얀 꽃을 피우는 토끼풀이었다. 매주 대못 한 개씩 들고서, 뽑는 것 지겹기도 하였다.

다행히도, 우리 구대장님은 마음이 착하고 인품도 훌륭하시었다. 이상하게도 공부도 못하는 바보 소위를 두둔하고 예뻐하여 주시었다. 존경하고 싶은 구 대장이었다. 어느 날 찾을 수가 있어 뵐 수가 있다면 좋으련만, 아쉽기도 한 것이 인생살이 아니던가.

그런 분들만 군 생활하는 동안 인연이 되어 만난다면 참으로 좋으련만, 세상은 그러하지 못하였다. 혹독한 동토이었고, 호락호락하지 않았다고 회자하고 싶다.

그래도, 날이 가고 달이 바뀌어도 때가 되면 어김없이 한 달 봉급은 손에 쥐어지고 있었다. 많은 액수는 아니었다. 이제 부모님의 도움을 받지 않아서 좋았고, 첫 봉급은 잔돈을 제외하고는 부모님께 드리었다. 착하고 정직한 청년은 바보 소위이었다.

어느 정도 학교생활도 적응이 되어 가고 있었다. 주말에는 외박이 허용되고, 기회는 다시 강렬하게 노크를 해주고 있었다.

학교 기관에서의 교육과 참된 인내를 통하여, 생존법과 살아가는 방법을 터득하였다. 어느 날 외박 시에는 같은 포대의 학교 동기생과 함께 생애 처음으로 머나먼 바닷가 완도로 빨간 투피스 아가씨와 함께하는 동행의 시간을 만끽하고 있었다. 행운의 기회였다.

그곳 바닷가에는 해안을 지키는 소(분)초가 있다. 분초를 지휘하는 소초장 선배의 도움으로 친구와 빨간 투피스 아가씨

등과 함께 기쁨과 재미를 톡톡히 보았다.

꽃 피는 봄은 지나고, 본격적인 무더위가 시작되는 6월의 시작이었다. 초등군사반 교육은 끝나고, 수료식과 함께 자대로 가기 전 짧은 기간의 휴가가 주어지고 있었다. 휴가는 왜 그리도 순식간에 끝이 나던지 눈물겹도록 아쉽기는 하였다.

장교로 임관하고, 자대배치를 받아서 가는 것도 그러한데, 병사로 군에 입대하는 사람들의 마음은 어떠하였겠는가. 친구들은 36개월씩이나 군대 생활을 하느라 정말로 수고를 많이도 하였다. 박수를 받아야 하고, 훈장을 달아주어야 하는 국가를 위한 헌신이었다.

이제는 바보 소위도 그곳으로 가야 할 시간이었다. 하루 전에 집을 나서 서울에 도착하고, 다음 날 아침은 밝아왔다. 더블백을 메고 청량리역으로 뚜벅뚜벅 진출하고 있었고, 군복을 입은 발걸음은 떨어지지 않고 무거웠다.

부모님과 빨간 투피스 아가씨와의 두 번째 생이별은 그렇게 시작되었다. 자주 보기에는 너무나도 멀고 먼 강원도의 끝자락에 위치한 22사단이었다.

전역하기 전까지는 죽으나 사나 함께하여야 하는 동기들은 간성읍까지 올라가서 깊은 계곡의 탑동 1리 골짜기로 밤하늘에 별밖에는 볼 수 없는 곳이었다. 민간인은 자주 볼 수가 없는 오지 중 오지이었다.

청량리역에서 출발한 뇌종부대의 동기들은 강릉역에서 하차하여 준비된 버스에 몸을 싣고서, 이제는 죽었다고 복창을 하면서 7번 국도를 따라 동해안의 맛과 멋을 눈요기하며 달려가고 있었다.

잠시 숨을 고르는 시간이다. 내일 아침부터는 본격적인 야전부대의 생활이 펼쳐지고 있을 것이다.

II. 군인의 길, 삶의 애환

그날 아침, 청량리역은 장관이었다. 먼 곳으로 자대배치를 받은 많은 동기들은 열차에 몸을 싣고서, 만감이 교차하는 순간을 보고 있었다.

"이제 가면 언제 오나, 원통해서 못 살겠네"였다. 그럼 자대배치를 잘 좀 받지. 운과 복이 거기까지인 것을. '어찌! 하오리!'를 되뇌며, 슬픔을 달래야만 하였다. 그러고 보니, 22사단으로 배치를 받은 바보 소위와 동기들은 그래도 천만다행인 자대배치였다.

7번 국도의 해변가 도로를 따라 올라가다 보면 보이는 바닷가와 망망대해 동해의 모습, 설악산 울산바위 등 속초는 훗날에 동기들의 작은 놀이터였다.

오후가 되어 사단사령부에 도착하였다. 먼저 진행된 해안소초 체험 시에는 포구 주변의 소초에 배치되어, 선배들이 준비해 준 싱싱한 자연산 회는 맛이 있었고, 지금도 그 맛은 어느 식당에 가서도 찾을 수가 없었다.

전방 GOP 소초 체험까지 마치었다. 이제는 전역 전까지는 근무해야 할 부대로 찾아가는 중이었다. 말 없는 정적 속에 부대 앞은 다가오고, 눈빛은 특전사 검은 베레모의 눈매 이상으로 날카롭고, 발톱은 각을 세우고 있었다. 아마도 포병에도 특전사가 있었음을 보여주기라도 하듯 다가가고 있었다.

젊은 패기와 용기로 가득 찬 동기생 8명은 포부도 당당하게 부대 위병소 근처에서 하차한 다음, 위병소에서부터 군기

잡기를 시작하였다.

순간, 긴급으로 상황실로 보고는 되었고, 비상사태가 선포된 것 이상으로 난리는 분명하게 나고 있었다. 그런데 아마도 예측하는 듯하고, 이상하게도 무게가 느껴지는 정적의 여운만이 돌고 있었다. 그렇게 대대에 도착하고, 대대와 포대, 선배들에게까지 신고는 매끄럽게도 잘도 끝나고 있었다.

이게 무슨 날벼락이랍니까. 그때부터 선배들 때문에 전역할 때까지는 군 생활은 어려워지고 있었다. 재미는 하나도 없고, 매일 밤은 여기저기에서 복장이 터지는 소리만 공허한 밤하늘을 요란하게 수를 놓고 있었다.

어서 빨리 파견이나 갔으면 좋겠다고, 바보 소위는 소리 없는 몸부림으로 울고, 보이지 않는 신음만 가득 쌓이었다.

밤이면 밤마다 그곳은 어디가 어디인지 아무것도 보이지 않는 깜깜한 밤에 우리는 말없이 그냥 가야만 하였다. 105밀리 화포의 가신자루(지렛대)는 회초리가 되었고, 누가 누가 더 강한지 실험은 계속되었다. 버티기에 들어가는 밤은 지속이었다.

깊은 산속 오두막집 같은 간부 숙소(BOQ)가 싫어지기 시작하였다. 커다란 짬뽕 그릇에 고량주를 가득 채워서, 원 샷 그리고 나가떨어지고 있었다. 배가 고팠던 시절의 군대문화이었나 싶다. 전통으로 받고 전수하고, 하여간 쓰디쓴 미소로 웃을 수밖에는 없었다.

전입 후의 어느 날 봄날은 찾아오고 있었다. 휘리릭, 휘파람을 불면서였다. 그곳 포상에서 바보 소위는 혼자서 배꼽 잡고 웃었다는 일화가 있었다.

그날은 오케이를 연호하며 신이 났다. 순간에 가수의 노래가 생각나고 부르고 있었다. "벗어나고파, 벗어나고파"였다.

파견지는 오랜 기간은 아니었다. 여름방학을 이용하여 고등학생을 대상으로 하는 GOP 체험의 인솔 소대장이었다. 민통선에서부터 GOP 철책까지를 걷고 또 걸어 이동을 시키고, 체험 후에 다시 복귀를 시키는 임무이다.

어느새 방학은 끝나고, 임무도 종료가 되고 있었다. 원복 조치가 되어 본격적으로 직책에 맞는 임무를 수행하며 앞으로 전진만 하고 있었다.

야전 경험이 부족하였으니 시행착오도 많았다. 부족함을 극복하기 위해 자대에 가서도 지역의 산들을 오가면서 관측장교로써 표적 위치를 결정하는 최고의 주특기전문가가 되기 위한 노력은 밤낮이 따로 없었다.

이듬해의 어느 한 겨울날이다. 동계훈련은 시작되고, 체감온도 30도가 넘나드는 혹한과 눈보라는 연일 몰아치고 있었다. 참으로 많이도 내리었다.

강원도의 끝이어서 유난히도 더 추위가 심하였다. 추위에 약한 탓으로 빨간 투피스 아가씨와의 입맞춤과 제대로 된 사랑 한 번을 나누지도 못하였다. 한마디의 말도 없이 요단강을 건널 뻔도 하였다.

A텐트와 분침호는 시절의 집이었다. 동계작전 준비의 일환으로 분침호를 파느라고 장병들은 정말 수고를 많이 한 군대생활이었다. 포크레인이 있었으면 좋았을 것을 장병들의 손이 장비였다.

병사들과 움츠리면서, 때로는 껴안고서 새우잠을 청하던 시절이 그리웠다. 이어진 보병 부대원들과 함께하는 100Km 전술 행군은 발가락에 물집이 생기어 터지기를 반복하면서 아름다운 추억으로 함께한 전우들이 그리워지고, 보고도 싶었다.

동이 트지 않은 이른 새벽 06시가 되면 어김없이 기상나팔 소리는 골짜기에 쩌렁쩌렁 울려 퍼지고 있었다. 반드시 일어나야만 하는 것으로 늘 잠은 부족하였다.

긴 주번과 짧은 주번은 피 끓는 젊은 청년이지만, 3일~4일씩 근무를 2주에 한두 번은 꼭 해야 하였다. 그것은 쉽지 않았고, 솔직히 힘들었다는 표현이 정답이었다. 어떤 동기들은 파견도 잘 가고 있었지만, 기회는 쉽게 주어지지를 않았다.

관측장교, 전포대장, 사격 지휘 장교, 인사장교 직책을 고등군사반(OAC)에 입교하기 전까지는 초급장교로써 다양한 직책을 수행하면서 경험을 쌓았다. 최고의 직책을 경험한 기회와 도전이었다.

각종 경연 대회와 측정은 쉬지 않고 연중 계속이었다. 속초와 설악산 관광호텔의 추억은 스트레스를 제거하는 최고의 휴식이고, 여유이었다.

그러던 어느 날이다. 탑동1리에서 숨을 쉬면서 밤하늘에 별을 보고 있노라면, 남쪽 하늘에 보이는 별의 숫자를 세면서, 고향에 계시는 부모님과 빨간 투피스 아가씨가 그립고, 보고 싶은 마음이 스산한 기운으로 밀려와 살을 엔다. 큰 아쉬움이었고, 보고 싶다 보고 싶다가 해답이었다.

이제 계절이 바뀌어 여름은 가고 가을이 오더니, 빠르게 겨울을 향하고 있었다. 그리고 부대 위병소에서 전갈이 오고 있었다. 어느 아리따운 아가씨가 면회를 왔다는 소식이 행정반을 통하여 바보 소위에게 숨이 차는 긴급사항으로 전해왔다.

바보 소위에게 아리따운 아가씨가 면회를 왔다는 것이다. 허허, 이게 무슨 일이란 말인가 난감하고 난처하고, 순간은 그러하였다. 진짜인가 가짜인가를 확인하여 보니, 이게 누구입니까. 진짜이었습니다. 빨간 투피스 아가씨이었습니다. 먼 곳에서 버스를 타고 11시간이나 인내를 하면서 찾아와 준 것이다. 그렇게 전방에서의 첫 만남은 이루어지고, 어쩌구저쩌구하다 외박도 못 나가고, 포대 옆 구멍가게 집에서 그동안의 안부를 나누고, 이런저런 세상 이야기를 나누었다는 것이 전부이었다. 의지대로 되는 것은 하나도 없었다.

다음 날 아침, 빨간 투피스 아가씨는 다시 먼 길을 달려 고향 앞으로 가고 있었다. 짧은 만남 긴 이별은 다시 시작되었고, 아쉬움과 미안함 등, 만감이 교차하고 있었다.

빨간 투피스 아가씨를 그냥 그렇게 보내 놓고서, 바보 소위의 몸과 마음은 아파 온다. 몸져누워서 아무것도 계속할 수가 없었다. 그냥 모든 것과 모두가 야속하였다.

아무리 보아도 빨간 투피스 아가씨에게서 무언가 보이고 잡히지 않는 진한 냄새가 피어나고 있다는 느낌이 가을바람에 휘날리는 소리로 다가오고 있었다.

12. 산전수전 군 생활, 결혼과 사랑 찾기

그곳 강원도 간성에서의 생활도 조금씩 적응이 되어 익숙해지고 있었다. 시간이 가고 계절이 바뀌어 가니 얼어붙은 대지도 녹기 시작하면서, 바보 소위와 동기생들도 소위에서 중위로 한 계급씩 진급하였다.

지난 시간이 어떻게 지나갔는지, 눈 깜짝할 사이에 계절과 모든 것은 바뀌고 있었다. 바보 소위와 교육장교이었던 김 중위와 통신장교이었던 홍 중위 등은 파견 한 번을 못 가고 전역할 때까지 수고를 많이도 하였다.

소위에서 중위로 1계급 진급하였다. 기분 좋은 날이었다.

'통하라. 통하라' 그것이 쉽지 않았다. 통신병과 친구들은 수고가 많았다. 특히, 포병 통신은 정말 멋지고 대단하였다. 8명의 동기생은 다들 그렇게 수고와 고생을 하였고, 지금은 사회에서 건강한 CEO가 되어 잘들 살고 있다. 나이를 먹어 익어가면서도 잊지를 않고 서로를 토닥이면서 연락도 하고, 가정의 애경사도 챙기고 있었다.

세월은 그렇게 흐르고, 드디어 올 것은 오고 있었다. 빨간 투피스 아가씨와 집에서는 어느 날부터는 갑작스러운 최후통첩이 산 따라, 강 따라, 길 따라, 그것도 부족하여 물길 따라서까지, 넘고 넘어 하늘을 날아오고 있었다.

최후통첩의 전문은 다음과 같았다. 1987년 3월까지 빨간 투피스 아가씨와 결혼을 안 해주면, 다른 데로 시집을 보내야겠다는 협박이 아닌 협박이고, 최후통첩이었다.

그런 게 어디 있어요. 상견례와 약혼식도 안 하고, 제반 절차도 무시하시면서 그런 게 어디에 있냐구요. 진짜로 그러기 없기였다. 반론의 여지가 없었다.

이후, 바보 중위의 하루하루의 삶은 복잡해지고 있었다.

"오호 애재라, 이거 큰일 났구나"

가려면 그냥 곱게 조용히 가시지요. 최후통첩이 무엇입니까. 순간은 난감하네 이었다. 그 말은 진실이었고, 참말이었다. 바보 중위는 무엇하나 준비된 것도 없었으니 하염없이 난감해하고 있었다. 거참, 중위 월급 157,000원으로는 못 먹고 산다는 말이었고, 답답하고 갑갑하기는 하였다.

머리는 멍하니 빙빙 돌고 또 돌아 하늘이 노래지고 있었다. 그야말로 순간만큼은 골 때리는 듯 골치가 아파 오고 있었다.

그냥 무언의 시간은 그렇게 흐르고, 바보 중위는 이후로 아무런 생각 없이 잡히어, 한방에 혹하니 잡히어 가고 있었다.

드디어, 결혼 날짜는 잡히었다. 나의 결혼식은(1987.01.02)은 아늑한 김제의 요촌성당에서 팡파르를 울리면서 아늑하고 고요하고 장엄한 결혼식을 빨간 투피스 아가씨와 함께하고 있었다.

애고, 바보 중위, 너는 좋은 시절 다 갔구나. 친구들은 씁쓰름한 무게의 표정들을 짓고 있었다. 결혼 당시에는 사격 지휘 장교라는 중요 직책을 수행하고 있었다.

사람을 잘못 만난 탓이었을까. 결혼휴가는 04일로 오고 가는 시간을 제외하니 남는 건 이틀이었다. 제대로 된 신혼여행도, 아련하고 달콤한 홍콩의 맛과 멋도 볼 수가 없는 인생길에서 최대의 아쉬움과 한으로 남았다.

그래서 인생의 길은 누구를 만나느냐가 성공과 실패의 길을 만들어 주는구나. 그런 느낌이었다.

우여곡절 끝에 간성읍 군인아파트 중에 가장 허름한 아파트를 배정받았어도, 아무런 생각도 없이 그냥 좋아서 어화둥둥, 빨간 투피스 아가씨와의 신혼의 단꿈을 꾸며, 결혼생활은 시작되었다. 이제부터는 아가씨가 아닌 아줌마가 되는 것이다.

결혼 이후에, 빨간 투피스 아가씨의 어릴 적 모습이 담기었고, 부모님과 함께한 귀한 그림 하나도 얻을 수가 있었다.

기억으로 남아 숨 쉬고 있는 것은 신혼집을 차린 1월 중순의 어느 날에 해상리 부대로 과장과 대대장에게 인사를 하고서, 보금자리를 찾아오려는데, 얼마나 많은 눈이 내리었는지 깜짝 놀라고 있었다. 많은 눈은 1m 이상이었다. 그런 큰 눈은 처음 보는 경험이었다.

눈의 높이가 가슴까지 차오르고, 결국 과장 집에서 하룻밤을 묵고서 다음 날이 되어서야 먼 길을 걸어 눈을 헤치고 나오면서 혹독한 결혼 신고식을 치르고 있었다.

해상리가 고향이었던 동기의 집이 부대 옆이었음을 일찍 알았더라면, 외로운 그곳에서 사는 재미가 솔 길도 하였을 터인데, 못내 아쉬움이긴 하였다.

그대로 그렇게 그러려니 하고 살아가는데, 둘이서 먹고 사는 것도 갑갑하기는 하였다. 본가와 처가의 도움을 받아가면서 살아갈 형편은 되지를 않고, 결국 바보 중위의 봉급으로만 살아가야 하였던 암울한 신혼이었다.

그런데 부대의 식비와 적금, 기타 등을 제외하고 아내 수네 여사에게 쥐어진 돈은 약 5만 원도 안 되었고, 절약 또 절약

정신으로 부모님께서 보내주신 김치에 밥만 먹고 산 것 같은 느낌이었다.

영양 보충을 위한 고기는 시장의 정육점에서 500원씩을 주고, 국을 끓여 먹은 생각하기 싫은 삶의 추억들이었다. 500원 어치 고기를 잘라주신 정육점의 사장님은 그곳에서 사는 동안 늘 고맙고, 감사하였다.

빨간 투피스 아가씨는 바보 중위를 만난 것을 후회하였을 것 같기는 하였다. 이제부터 그 아가씨는 아내 수네 여사로 호칭이 되었다.

바보 중위와 아내 수네 여사를 위하여 찾아오는 사람은 사는 것이 늘 걱정이신 양가의 어머님 두 분이었다. 먼 곳까지 마다하지를 않고, 보자기로 싼 짐 보따리 여러 개를 메고 들고 긴 시간을 달려오시었다.

오시는 그날부터는 먹거리가 풍성한 어느 상류층의 집이 무엇 하나 부러울 게 없었다. 연중 먹을 쌀과 김치, 그리고 갖은 양념과 식재료의 제공은 언제나 두 분의 몫이었다.

세상에 태어나 늘 고맙고, 감사한 두 분의 어머님이시었다. 정성과 사랑으로 제대로 된 효와 예를 실천하지 못한 것이 못내 아쉬움으로 남아, 가슴 한 켠이 흥건하게 적시어졌었다.

각종 경연대회도 참 많았다. 매일 주경야독으로 밥을 먹고 하는 것이 포술 경연대회였고, 대대와 사단, 그리고 군단 경연대회까지 눈코 뜰 새 없이 바쁜 일과의 시간이었다. 국방부의 시간은 덩달아 잘도 흘러가고 있었다.

그런데 각종 경연대회의 경쟁자는 북한군이 아닌 바로 가장 가깝고 절친하고 부담이 없는 동기생들이었다. 그렇게 군대

생활 속에서 '1등이 아니면 죽는다'라는 무한경쟁은 알다가도 모르게 소리 없이 시작되었다.

직책에 의한 주특기와 간부 포술 경연대회까지 늘 바쁜 일상의 삶이었다.

어느 날에는 장기복무가 되었다는 명령을 접수하였다. 이후, 전포대장과 사격 지휘 장교의 직책을 수행하면서 머리가 터지도록 노력하는 피가 끓는 젊은 장교가 되어 가고 있었다. 국어 선생님의 꿈은 조용히 내려놓아야 하였다.

그런 강도 높은 훈련과 평가는 보병부대의 화력지원 능력 향상의 계기가 되었고, GP와 GOP, 해안으로 수많은 상황 발생 시와 훈련 상황으로 포탄 사격을 많이도 하였던 기억이 가득하다. 구호는 '준비! 쏴'이었다.

통상 임의 지형과 훈련장에서 경연대회는 진행되었고, 1등(종합우승)을 못 하는 날에는 주둔지까지 걸어서 가야 하는 고난의 벌이 주어지는 안타까움도 있었다.

"아이고, 그때의 누구는 뼈 빠지게 힘들었을 거야."

"나는 안다. 누구인지? 그러나 말은 안 할래"

동기의 우정과 사랑을 강조하고 있었다. 포병은 3보 이상은 차를 타고 간다라고 하였던 말이 무색했다.

컴퓨터가 없는 시절이었다. 각종 보고서는 연필로 초안을 잡고, 초안 보고서가 통과되면, 타자 또는 차트 보고서 작성이었다. 작전 서기병의 직책을 수행한 병사는 정말로 타자를 잘 치고, 수많은 보고서의 글씨를 쓰느라고 밤낮없이 고생을 많이도 하였다. 어느 날 그 친구들을 만나면, 밥 한 번은 꼭 사주고 싶다는 생각을 갖게 되었다.

교육장교 김 중위는 바보 중위와 함께 벙커에서 전역하는 그 날까지 수고를 많이도 하였다. 그때 그 시절의 3대 거짓말을 지어내느라고 정말로 수고와 고생을 밥 먹듯 많이 하였다. 박수를 주고 싶은 동기이었다.

좋은 사람 좋은 동기, 후배들과 가까운 송지호 해수욕장에서는 해수욕도 즐기면서 젊은 날의 추억을 기억하고, 나이 들어 익어가면서도 아파트와 해수욕장, 해상리는 가끔 찾고 있었으니, 그것도 아련한 추억 속의 미소를 찾는 행복이었다.

어느 여름날엔 초등학교의 어린 꼬마 손님들도 전주에서 이모부가 보고 싶다고 찾아왔다. 지금은 어린 꼬마들은 새 가정을 꾸리어 아이를 낳고 알콩달콩 잘살고 있으니, 세상은 참으로 빠르기만 하였다.

아이들의 기억에는 바보 중위 이모부가 언제나 고마움과 감사함은 좋은 기억으로 남아 숨 쉬고 있는 것 같았다.

무더운 여름날의 송지호 해수욕장의 맑은 물에서 해수욕과 조개 잡기, 그리고 목욕을 시켜준 아무것도 아닌 작은 것들이 어린 마음에는 고마웠던 모양이었다. 아련한 기억 속의 추억들이 새록새록 피어나고 있었다.

그해의 6월 말이 되니, 단기 복무하던 동기생 6명은 큰 짐을 다 내려놓고 전역을 하고, 사회로 환원이 되었다. 그러고 보니, 선배들의 전역 이야기는 다 빼먹고 어디에도 보이지 않았다. 내심 밉기는 많이도 미운 오리이었나 보였다.

이후, 동기가 없는 외로움은 OAC를 마치고, 전입하여 오신 선배 한 분과 군 생활의 고독한 희로애락을 노래하고 있었다. 다행이었다. 어려운 신혼 시절에는 도움을 많이도 주시었고

받기만 하였던, 고마운 삶의 멘토였다.

부대에 남은 사람은 바보 중위를 포함하여 딱 두 명(바보중위와 강 중위)만이 남아 외로운 시간을 보내었다. 강 중위 친구가 먼저 고등군사반(OAC)에 입교하여 가고 나니, 바보 중위만이 남게 되었다. 긴 슬픔이었다.

이제는 희로애락을 함께 나눌 친구들이 다 떠나고 없었다. 어쩌면 지금까지 살아오면서 만나고 헤어지는 수많은 사람 중에 가장 따뜻하고 포근하고 순수한 친구들이었다.

중위 시절의 마지막 직책은 인사장교로 참모 업무를 수행하게 되었다. 나름은 직책이 적성에 맞는 것 같기도 하였다. 그냥 그렇게 묻히어 세월은 흐르고 있었다.

참모직책을 수행해 가면서 잘한 것이라고는 집을 떠나와 수고하는 동기와 후배 장교들의 사기와 복지를 위해 관심을 갖고 정성과 사랑을 나눈 것이 작은 것이지만, 보람으로 남아 기억되고 웃으면서 회자하고 있었다.

이후, 남은 시간은 후배들과 함께 보내는 즐거움으로 시절을 회상하고 있었다. 후배들 모두 건강하고 행복하게 사시면 좋겠다는 생각이 밀려오면서 인생은 그렇게 가고 있었다.

외로움도 잠시뿐이었다. 그곳에서 지휘 스타일이 각기 다른 세 분의 지휘관을 모시며 희로애락의 군 생활을 함께하였다.

한 분은 하루가 가고 한 주가 지나가도, 용안 뵙기가 쉽지 않은 듯한 기억으로 남아 있었고, 전형적인 군인 스타일이었던 기억이다.

두 번째 지휘관과는 잘못된 인연의 만남이었을까. 시작부터 이임하시는 그날까지 사건, 사고도 많았다. 안팎으로 불협화음 등 말도 많고 탈도 많았다. 신혼이었던 아내 수네 여사도 군인 가족으로의 매력을 잃고 있었다. 늘 전역하자는 아우성 속에 개의치 않는 저기압의 날씨만이 연속이었다.

"그냥, 장기복무를 하지 말고 전역할 걸 그랬나 봐요."

웃을 수밖에는 아무 대책이 없었던 슬픈 세월이었다.

마지막 한 분은 정말로 인품이 점잖고, 소통과 배려를 실천하시는 이웃집의 착한 아저씨와 같은 따뜻한 분으로 아랫사람들의 입장과 위치를 충분히 헤아리면서 부대를 지휘하신 것으로 회자 되었고, 다시 찾고 싶고 찾아뵈었으면 하는 분으로 기억되었다.

바보 중위는 앞으로 군 생활을 하면서, 어떤 유형의 지휘관을 본받아 나아가야 하는지, 그 방향 설정은 매우 애매하고 난해하였으면서도, 바보 중위만의 어떤 정립된 리더의 길을 선택하여 개발하고 정진하리라고 다짐한 산 경험의 기회였다.

초급장교 시절의 산전수전의 다양한 경험들은 훗날의 사람 사는 세상에서 생존하는 방법을 보고 듣고 느낌이 있는 깨우침으로 소중한 자산이 되었다고, 돌아보고 있었다. 그렇게 인생은 외로운 삶으로 자신과의 전투는 시작된 것이다.

1988년 3월 16일 오후 다섯 시경이었다. 바보 중위의 최고의 자랑이 된 판박이 딸 지혜가 탄생하였다. 아내 수네 여사의 고향이었던 김제의 모 산부인과에서 드넓은 세상을 보고 있었다. 이는 바보 아빠의 시작을 알리고 있었다. 모두에게 기쁨이었고, 희망으로 큰 축복의 박수를 받고 있었다. 특히, 아내 수네 여사는 더 좋은 사랑의 씨앗을 틔우고 있었다.

어느덧 봄도 지나가고, 대위 진급과 함께 고등군사반(OAC)

교육에 입교하면서 희로애락이 출렁이고 넘실거렸던, 간성에서의 생활을 마무리하게 되었다. 길고도 질긴 산전수전 공중전이었다.

첫 이사를 하게 되었다. 며칠 동안이나 가게를 찾아다니면서 구걸도 하여 박스를 얻어가면서 이삿짐을 싸고 있었다. 쉽지 않은 이삿짐 꾸리기였다.

이사하는 날은 밝아오고 있었다. 뛰뛰빵빵 경적을 울리면서 광주 상무대의 백일아파트로 바보 아빠와 아내 수네 여사는 예쁜 딸 지혜와 함께 미소를 지으며 행복을 싣고 달려가고 있었다.

강원도 간성에서의 초급장교 생활은 나름대로 보람도 있었지만, 좋은 사람보다는 나쁘고 이상한 상급자와 가족이 있어서인지, 새댁은 군인 가족의 아름다운 참맛보다는 아주 독한 쓴맛과 신맛을 너무나도 강하게 맛보았다고 말하고 있었다. 큰 갑질의 볼멘 아쉬움이었다.

군복을 입고서 생활하는 매력은 점점 사라지고, 험난한 가시밭길의 삶은 시작되었다고 아련하고 아픈 기억으로 남기면서 초급장교 시절의 사람 사는 세상 이야기 속에 삶의 애환으로 묻어두고 마무리하게 되었다. 어려운 환경과 여건에서 정말 수고들 하였던 그때 그 시절이었다. 수많은 위협을 극복할 수 있었던 것으로 분침호와 페치카의 사랑으로 함께한 전우 여러분들을 고이 간직하고, 기억시키며 추억을 찾아서 노래하고 있었다.

광주 상무대는 고향집과 가까운 곳에 있어 다행이었다. 부모님을 찾아뵐 수가 있다는 희망이 있었기 때문이었다.

13. 최가네의 가족구성과 도전의 꿈

가. 내 꿈을 펼치기에는 힘들었던 공수훈련과 고등군사반(OAC)의 생활

어느 날부터인가. 초급장교(소위, 중위)시절의 따뜻하고 포근하였던, 그리고 끈끈한 우정과 사랑은 예상 밖으로 생각할 여유의 짬도 내어주지 않고서 무한경쟁의 소리 없는 전투는 시작되었다.

인생이라는 것이 바보 아빠에게는 달콤하기만을 바라고 있었다. 그것은 순진한 바보 아빠의 생각이었을 뿐이고, 모든 것은 절대로 호락호락하지가 않았다. 간절함이 필요한 고달픈 삶의 연속이었다.

세 박자, 네 박자 중에 바보 아빠에게는 채워 줄 수 있는 그 무엇은 언제나 존재하지 않았다. 다섯 식구가 밥을 먹고 살기에도 힘들었다. 벅찬 감정으로 숨통을 조여 오고 있었던 그때 그 시절이었다.

첫 번째의 시작은 광주의 매산리 공수 훈련장이었다. 고등군사반(OAC) 교육입교식 종료와 함께 각종 교육 준비와 행정적 절차를 마무리하고, 공수 훈련에 입교를 하게 되었다.

세상에 태어나 가장 혹독한 훈련은 바보 아빠를 삼킬 듯하고, 비행 낙하 2번을 위해 그 먼 곳의 헬기 레펠 훈련장까지 하루 4번을 오가며 뛰는 것은 정말로 죽을 맛이었다.

거참! 그것도 훈련이라고 점심 식사를 추진하여 먹으면 좋으련만, 밥 한 끼 먹으려고 뛰어오고 다시 뛰어가고의 반복이었다. 어느 날부터 종아리뼈에 골다공증이 찾아왔다. 누구의 생각일까도 알고는 싶었지만, 그것도 훈련 목적상이었으니 도리가 없었다.

"아이고, 빨간 투피스 아주머니요. 바보 아빠가 죽을 것 같아요"의 긴 하소연이었다. 너무나도 아프고 고통스러운 종아리뼈의 통증이고, 그냥 쓰러질 것만 같은 참기 힘든 고통이었다.

빨간 투피스의 여인, 아내 수네 여사와 예쁘게도 태어난 지혜를 생각하면서 울고 웃고를 반복하며, 공수 훈련의 마지막 산물이었던 비행 낙하 2회를 성공적으로 마무리하면서 체력도, 도전정신과 악으로 깡으로의 강인함도 급상승하였다.

검게 그을린 바보 아빠의 모습이었다. 그때는 분명 멋지고 대단하고 자랑스러웠다. 어려운 시기를 잘도 참아가며 해낸 징표이었다.

"뛰어, 못 뛰어."이었다. "교관님, 저는 말입니다. 빨간 투피스의 여인과 갓 태어난 딸이 있어서 못 뛰겠어요."

"뭣이여, 그냥 뛰란 말이야"이었다. 그때는 야속하기만 하였다. 바보 아빠는 눈물에 젖은 빵의 진한 맛이 어떤 것인지를 알게 되었다.

50미터를 수직으로 하강하다가 낙하산이 펼쳐지는 순간은 무섭기도 하였으나, 형언할 수 없는 짜릿함이었고, 색다른 인생 경험이었다. 장교의 길을 걸어왔기에 가능한 인내와 도전의 성공이었다. 번지점프와 비교하면 절대 안 되는 것이었다.

어떤 동기생들이 특전사 출신이라고 폼을 잡고서 모임을 하면 안 될 것이다. 포병에도 공수부대 출신들이 즐비하게 있었다는 사실을 알고 있기를 바라고 있었다.

지금껏 북한군이 제대로 침투를 감행하지 못한 이유는 방위병이 무서워서가 아니라, 포병부대의 공수 요원들 때문이라는 사실을 잘 알아야 한다. 훗날 바보 아빠는 명예 특전맨이 되어 있었다.

그렇게 힘들고 고달프던 공수 훈련은 끝이 나고, 다시 학교와 보금자리로 돌아오고 있었다.

이제는 밤낮을 가리지 않고, 학교와 집을 오가면서 책과의 전투는 평생 해야 할 공부를 짧은 6개월여 만에 다하는 듯도 하였다.

여름과 가을도 지나고, 긴 겨울은 다시 찾아오고 있었던 12월 말의 어느 날에 기나긴 책과의 전투는 끝이었다.

밤잠을 설치면서 힘들게 수고한 보람도 얻었고, 이제 이삿짐을 꾸리어 1차 포대장의 임무 수행을 위하여 증평으로 가야만 하였다.

그때 그 시절의 고등군사반의 동기였던 친구들과 지금도 연락하며 만나고 있음이 바보 아빠는 더 큰 것을 얻은 사람이었다. 어제는 친구 중의 한 명과 오랜 시간 목소리를 전하면서 따뜻한 교감의 시간도 나누었다.

나. 새로운 삶의 터전을 찾아 증평으로

그런데 증평으로 이사를 할 시기에 난감한 일이 발생하였다. 군인아파트의 여유가 없어 셋방살이라는 것을 해야만 하였다. 쉽지 않은 인생 항로이고, 소풍이었다.

비좁은 셋방살이에서 자랑스러운 지혜의 돌잔치와 둘째 지환(90.07.03)이를 얻는 큰 기쁨과 행복이 함께하였다.

아들 지환이는 전주 예수병원 산부인과에서 아침 여섯 시에 듬직한 바보 아빠의 기둥 아들로 태어났다. 모두에게 또 한 번의 기쁨을 주는 축복의 탄생이었다.

수개월이 지난 훗날에 초평의 부대 관사로 또 한 번의 이사와 함께 좋은 친구, 동기들과 즐거운 시간을 나누고 누리었던 기억들이 그리움으로 가득 채워져 있었다.

자투리 시간이 주어지면, 주변의 야산에서 상수리와 도토리를 채취하여 오랜 시간 까고, 담그고, 말리고를 반복하면서 방아를 찧어 묵을 만들어 먹었던 추억이 있다.

부모님이 계시는 곳과는 가까운 곳에서 군 복무를 하였기에, 전방의 야전부대로 가기 전에는 설날 명절에 고향을 찾아 부모님, 친척들과 함께 추석 명절을 보내는 기회의 시간도 주어지는 행운도 얻고 있었다.

삶 속에 아름다운 맛과 멋의 순수함으로 회자가 되고 있었다. 좋은 시절이었다.

다. 이제는 야전에서 꿈을 쏘아 올려야만 했다

다시 이사의 기회는 오고 있었다. 임기를 마치고, 전속 명령에 의거 파주 파평으로 이사를 하였다. 30사단 포병으로 밤고지 아파트에 둥지를 만들었다.

2차 포대장의 지휘관 임무 수행도 잠시이었고, 임무를 수행하던 중 보직도 다 채우지를 못하고서 발탁이 되는 상급 부대로의 전속 명령이었다.

이유는 잘하여 발탁이라는 명목으로 연대급의 막중한 자리에 보직되면서, 군 생활은 새로운 도전과 또다른 기회가 주어지는 듯도 하였다.

이것이 무슨 운명의 장난이었을까. 군대 생활은 잘하고 있었으나, 수고하고 고생을 한 보람은 없고, 단맛도 보고 느끼지도 못하고서 쓴맛과 신맛을 실컷 보게 되었다. 두 얼굴을 지닌 사람들의 마음과 잘못된 삶 속에서 허우적거리는 허무함이 맴맴 잘도 돌고 있었다.

직책에 맞게 일은 안 하고, 입에 침도 바르지 않고 비유 맞추는 데에는 달인의 경지에 있었지만, 하부조직의 어려움에 대한 이해와 배려 등은 없었다. 오직 위만 바라보면서 자신의 한 가지 목표에만 전념하는 사람들이 많았고, 얄밉기까지 하였다. 산다는 것은 결코, 쉽지 않다. 위협의 연속이었다.

각종 계획수립과 평가, 분석 및 후속 조치, T/S 등 큰 훈련을 앞두고는 준비와 훈련의 시작, 종료 후의 후속 조치 등 밤하늘의 별을 보면서 한없는 세월을 탓하고, 한숨을 짓던 시절이었다. 돌이켜 보면, 아쉽기만 한 것으로 쓴웃음이 되어 다가왔다.

그런 와중에서도, 사단과 각 연대의 작전 장교들 모두가 동기들 이어서 동병상련이라고, 서로 의지도 하고 배려하면서 술잔을 기울이던 아련한 기억들이 떠오르고 있었다.

어느 날에 바보 아빠는 다시 한번 이삿짐을 꾸리고, 정처 없는 길을 따라 새로운 도약을 위해 움츠려야만 하였다. 사람에게 치이는 삶이었다. 삼박자와 네 박자 속에 한 가지가 부족하였던 바보 아빠는 아내 수네 여사와 두 명의 아이가 있었기에 기죽지 않고, 살아 숨 쉬며 버틸 수가 있었다.

바보 아빠 이외에는, 어느 누구도 믿을 수가 없었고, 믿을 사람이 없다는 사실과 믿어서는 안 된다는 잘못된 사실을 진실인 것처럼 실천해야 무언가를 얻는 참혹한 현실 앞에서의 쓴맛을 맛있게도 잘 먹고 있었다.

달면 삼키고 쓰면 뱉는다는 사실을 가슴 깊이 새기는 인생의 전환점에서 얻은 큰 교훈이었다.

아주 오랜만에 바보 아빠의 자신을 돌아보는 기회도 갖고 있었다. 인생 역전의 기회를 엿보면서 하늘의 독수리가 되어 쪼아 먹을 기회를 노리고 있었다.

바보 아빠의 몸과 마음에 자유와 여유를 주니, 모든 것은 새롭게 보이기 시작하였다. 공기 좋은 적성 웅담리에서 자연과 함께 숨을 쉬면서도 열악한 사무실의 환경개선을 위하여 서울 등 어디든지 달려가서 획득도 하였다. 군의 열악한 환경이 주는 직책의 아쉬움이었다.

어린 지혜와 지환이에게는 늘 미안함으로 가득하였다. 한참 아빠의 관심과 사랑이 필요할 나이이었을 텐데, 일에 취해 사무실에서 놀다 보니 관심을 갖고 마음껏 놀아주지도 못하였다. 아이들끼리 놀게 한 것은 아쉬움으로 가득한 그때 그 시절의 삶이었다.

아련하고 아쉬움으로 가득하기만 하였던 별거 아닌 것들을 다 내려놓으면서, 새로운 변신과 사회 환원을 위한 겁 없는 투자는 성공적이었다.

이제 와 돌이켜 보니, 세상은 바보 아빠와 아내 수네 여사의 손을 들어주었고, 참 잘하였다고 생각되어 큰 박수를 받고 있다. 삶의 참신한 기쁨이고, 희망들이었다.

어려운 시기에 소속은 다르지만, 큰 힘이 되어준 동기들에게 고마움을 전하고, 비빔국수 요리의 전문가이었던 동수께는 "그때 비벼준 국수는 참으로 맛이 좋았습니다."라고 전하고 있었다.

라. 빨간 투피스 여인의 가치는 꿈틀대고, 오봉산 점령 작전의 시작

지금부터는 빨간 투피스 여인의 가치와 기지가 서서히 돋트기를 시작하였고, 진가가 발휘되기 시작을 하고 있었다.

모든 군 생활의 꿈과 희망이 없어, 새로운 방향으로의 전환을 모색하고서 하나둘 내려놓기 시작하였다. 어느덧 몸과 마음도 무척이나 가볍고 좋아지고 있었다. 삐쩍 마른 몸은 살이 찌기 시작하였다. 몸의 무게는 82.0kg을 넘고 있었다. 세상에 이런 일도 있었다.

무거운 짐을 들고 있지를 않고, 무엇이든 내려놓기 시작하니, 자유와 여유로움이 생기었고, 스트레스가 없는 살맛 나는 세상이 되는 것 같다는 생각들이 강하게 찾아와 노크하고 있었다.

얼마 후, 마음을 비우고 예하 부대를 거쳐 두 번의 이사와 함께 송추의 오봉산 점령 작전에 성공하고 있었다. 그렇게 군 생활 중의 봄날은 다시 시작이 되었고, 찾아왔다.

어느 카스 친구의 멋진 글이 생각나고 있었다.

"너무 최고보다 앞서려 하지 마. 바로 뒤만 따라가. 그러다가 앞서면 좋고, 아니면 말고."라는 말이 명언이 되었다.

파주 법원리에서의 잠을 못 이루면서 고생한 3년의 경험은 송추에서 어떤 어려움도 없이 하루 업무와 생활도 즐거웠다. 덤으로 사는 맛의 운과 복도 다방면에서 따라와 주고 있었다.

나름은 업무에 대한 계획과 추진, 실행과 사후조치까지, 상급 지휘관 및 참모들에게 대단한 놈이라고 인정과 평가도 받았다. 바보 아빠의 삶에 꿈꾸던 '봄날이 오려나 보다.'라고 생각도 하였다. 살아가는 하루가 기쁨이고, 즐거움의 군 생활이었다고 말을 해주고 있었다.

그때만 해도 모든 것이 일사천리로 술술 잘도 풀렸고, 생각지도 않고 있던 진급의 행운도, 겁 없이 투자한 일산의 보금자리도 착착 만들어져 갔다.

그 시절 유명하였던 육발목(육군전투발전목표)의 소부대 전투력 유공자로 선정되어 큰 포상을 받는 행운도 따라주었다.

혜택으로 바보 아빠와 아내 수네 여사는 유럽 5개국(스위스, 독일, 프랑스, 영국, 이탈리아)을 시찰하는 특전과 행운의 여신도 손짓을 해주었다.

인생길 소풍은 운칠기삼의 운복이 있어야 함을 알게 되었고, 세상은 내 마음대로가 아니라는 사실도 얻고 있었다.

또 한 번의 '오호! 애재라.'가 찾아오고 있었다. 그 좋은 기회를 아내 수네 여사는 안타깝게도 잡지 못하였다.

셋째 지원(95.9.9)이가 세상 밖으로 '뿡뿡' 하고 나왔기 때문이었다. 최가네의 완전한 다섯 식구가 구성되었다.

의정부 성모병원 산부인과에서 정오를 넘긴 오후 4시 30분경이다. 지원이와 바보 아빠와의 긴 사랑의 노래는 시작되었다.

그런 상황에서 어린 아기를 맡기고 갈 수가 없었던 형편이었다. 이후, 먼 훗날에 큰딸과 막내딸, 아들 등과 함께 두 번의 기회를 만들어 유럽 여행을 다녀오도록 보상을 하여 주는 바보 아빠이었다. 참 잘한 결정이었다.

아이들 셋 중에 최가네의 든든한 버팀목이 되어준 큰딸 지혜가 송추에서 초등학교에 입학하게 되었다. 새롭게 변화된 삶은 빠르게 진화해 가면서 시작되었다.

결국, 인생은 누가 이기냐는 것은 끝까지 가봐야 아는 것이었다. 그런 좋은 일 속에서도 어김없이 어려운 고난의 일도 찾아왔다.

바보 아빠의 아버지께서 운명하시었다는 비보를 늦은 시간이 되어 받고 있었다(95.12.15). 하루 전에 고향의 부모님을 찾아뵙고, 안녕을 기원하였었다.

늦은 밤 송추 보금자리에 도착하자마자 안타까운 소식을 접하였으니 아쉽기도 하고, 눈물만 주르륵 흘러내리고 있었다.

살아계시는 생전에 효도다운 효도를 한번 제대로 실천하지 못하였다. 효의 실천 기회를 잡지도, 실천하지도 못하고서 그냥 보내드리고 있었다. 인생은 끝은 어느 날 그렇게 소리 없이 다가오고, 가는 것 같은 삶의 뒷모습이었다. 부모는 자식을 기다려주지 않는다는 말이 스치고 있었다.

그때 그 시절은 방위병 제도가 운영되는 시기였다. 출근 시간과 퇴근 시간이 되면 구파발에서 장흥 교현리 구간은 장관이 연출되기도 하였다.

서울시의 자원이 방위병 복무를 하였기 때문이었다. 수많은 병력이동이 집중되던 시간에 주도로는 왕복 2차선으로 도로상 주변에 위치한 서울시 예비군 자원관리부대 등의 영향으로 대단한 풍경들이 연출되었다.

자원 중에는 연예인 김승우와 배구선수 하종화도 있었고, 방위병의 위력을 실감할 만도 하였다. 북한군이 방위병 때문에 못 넘어온다는 말이 맞는 것도 같았다. 너털웃음이었다.

특히, 퇴근 시간과 가을 단풍철이 되면 북한산과 노고단 자락에 붉게 물든 단풍과 함께 구파발까지 나가려면 인내와 시간이 필요했던 시절이었다. 그런 시절도 이제는 그리움이었다.

바보 아빠는 초딩 친구들을 포함하여 많은 사람들과의 교감을 할 수 있는 기회를 잡았다. 서울 시내가 근거지이었기에 아무런 생각 없이 현재를 누릴 수가 있는 행운의 여건이 함께하여 주었다.

오봉산 기슭에서의 전투는 지금까지의 군 생활환경과 여건 면에서 새로운 삶의 정감이 있는 기억으로 감칠맛이었다. 사는 재미도 찾아왔다. 여유 속에 문화와 여가생활 등을 나누고 누리었던 시절로 회자 되고 있다는 것은 반갑기만 하였다. 일과 가정의 명확한 구분이었다.

이상하게도 최가네의 아이들은 바보 아빠의 산행길에도 잘도 따라나서고, 매번 함께하여 주니 좋기만 하였다. 성인이 되어서도 가족 산행과 동기생들과 함께하는 산행길, 체육대회 등의 행사에도 잘도 따라나서고 있었다.

아이 하나가 태어나니, 바보 아빠와 아내 수네 여사에게는 심각한 보릿고개라는 위협도 찾아오고 있었다. 벌려놓은 일과 아이들 셋을 가르치고 먹고사는 것은 녹록지 않았다. 아내 수네 여사는 이때부터 살아 숨 쉬고, 보다 나은 삶을 위해 헌신의 대열에 뛰어들어 함께 해주었다.

아이들 셋 키우면서 먹고 살기 위한 생존은 정말 쉽지 않은 싸움에서 버티기로 힘들게 다가오고 있었다.

마. 이제는 검단에서 삶을 노래하다

이제는 또 떠나야 하였다. 짐 보따리를 챙기어 싸고 있었다. 아내 수네 여사와 아이들 셋의 손을 잡고서 인천 검단을 향하여 새로운 보금자리를 찾아가고 있었다. 여기서부터는 이삿짐 차량에 탑승하여 이동하지 않아도 되었다.

큰 동서의 덕분으로 차량 소유 1호는 쏘나타였다. 차를 타고서 다섯 명의 최가네 가족은 뛰뛰빵빵으로 경적을 울리면서 달려가고 있었다. 또 하나의 삶을 조물조물하면서 인생의 드라마틱한 작품을 만들어 가고 있었다. 큰 동서 부부는 바보 아빠와 아내 수네 여사가 살아오는 동안의 아름다운 인생길의 멘토로 자리를 잡고 있었다. 어렵고 힘든 시기에 큰 도움이었다. 늘 고맙고, 감사함이다.

하나밖에 없는 우리 집의 젊은 사나이가 검단초등학교에 입학하게 되었다. 최가네의 집에는 학생이 둘이나 되었다.

인생이란 시간과 세월은 어느덧 스쳐 지나가고 있었다. 이제는 제법 나이도 들어가고 있음을 실감하게 되는 시기가 분명하였다. 영관장교의 고단한 삶과 도전은 다시 시작되는 길고 길었던 시간 속에 인생 역전의 파노라마는 다시 열리고 있었다.

14. 사람과 장소는 삶의 중요한 안내자

가. 영관장교의 군 생활은 검단에서 시작되었다

색다른 도시 그곳 검단에서의 삶은 시작되었다. 울긋불긋 해병들의 모습과 부대 입간판도 보이고, 매립지라는 특수시설도 보금자리 근처에 자리 잡고 있었다.

초급장교 시절을 제외하고는 대부분의 군 생활을 서울 외곽의 주변에서 할 수 있었던 것이 현재에는 이것도 행복이었고, 행운이고, 영광이었구나 하는 느낌이 들어 왔다.

그 많은 것 중에 하나를 잃고, 더 높은 곳에 오르지를 못하는 아쉬움과 미련도, 후회스러운 고뇌의 시간도 함께 찾아오고 있었다.

아내 수네 여사와 아이들에게는 새로운 환경과 여건이 주어져 변화와 기회의 도전으로 시간이 되었기에, 현재의 삶에서는 긍정과 보람으로 더 좋은 삶이었다고 회자하고 있었다.

검단 부대에서의 막중한 직책과 임무는 시작되었다. 어두운 밤하늘에는 별과 달만 있었던 것이 아니다.

김포 한강에 조명탄의 축제도 가끔은 선보여 주었고, 김포와 일산 시민들께서는 바보 아빠 부대의 덕에 밤하늘에 피어나는 조명탄의 꽃을 볼 수 있는 행운도 그 시절에 누릴 수가 있었을 것이다. 현재의 삶에서는 실상황 이전에는 볼 수가 없다는 아쉬움도 남아 있다.

현재에는 일산에서 바보 아빠와 아내 수네 여사, 그리고 아이들 셋이 아주 재미있게 살면서 나누고 누리고 있었으니, 눈물 가득하였던 지난날을 뒤로하고 행복의 날개를 달고 웃음꽃을 피우고 있음을 전하고 싶다.

어느 날 그곳에 가서 보았더니, 작전지역의 중요 거점인 김포 운유산이 개발의 붐에 의하여 사라지고 볼 수가 없었기에 아쉬움도 가득하였다. 세월과 변화의 속도는 언제나 소리도 없고, 알려 주지 않은 빠름이었다.

해마다 여름부터 가을의 끝자락까지는 군대의 진급 심사 기간이고, 발표 결과에 따라 희비가 엇갈리는 진풍경이 매년 연출된다. 누군가는 웃고 또 누군가는 쓰디쓴 봉지 커피의 맛을 보고 있어야만 한다.

추락하는 것은 날개가 있다. 이문열 작가의 글과 장길수 감독의 영화가 있었다. 정말 추락하는 데에는 날개가 있으면 살고, 없으면 죽는 것이다. 그런 사람 중에는 날개를 잘못 달아 장교의 길에서 가장 소중한 명예를 잃고 한없이 추락하는 사람도 있다. 늘 별거가 아닌 작은 욕심이 화근이다.

세월의 흐름에서 아쉬운 것 하나는 세상 물정을 모르고 날뛰면서 무모한 욕심을 내는 사람들을 많이도 보아 왔다.

결국, 작은 것 하나의 욕심 때문에 소중한 부하의 생명을 잃게 하는 초급지휘관과 1차 진급하였다고 겸손과 배려의 미덕, 인연의 소중함을 망각하는 사람들도 있다.

어느 날 어느 곳에서 상하 직위의 수직 관계의 인연으로 만나 모든 것이 뒤바뀌면서 두려운 날들을 보내고, 날개를 달지 못하는 추풍낙엽처럼 미적 감각도 없이 뒹구는 사람들도 있다.

높은 직위에 있으면서도 인간의 양심을 저버리고 두 얼굴의

양면성을 지닌 참군인답지 못한 고급지휘관들도 분명히 있었다.

계급과 직위가 낮은 어느 특정 출신의 예하 지휘관에게는 아부 근성을 발휘하면서도, 다른 색깔의 장교들에게는 칼을 대는 존중과 존경을 받지 못하는 아이러니한 모습을 보지 않았으면 좋았을 걸 하고, 아쉬움을 토로해야만 하는 시절도 있었다. 그렇게 갑질과 괴롭힘의 고통을 주었는지는 알 수가 없다. 혼탁이었다.

서로 베풀면서 나누고 누리면서 함께하는 아름다운 삶의 길을 걸어가면 좋았을 텐데, 삶의 종착역은 그곳을 향하여 똑같이 가고 있다.

눈물 나는 비보도 날아들었다. 막내 동생이 교통사고로 꽃도 피워보지도 못하고 하늘나라(1999.10)에 가고는 더 이상 볼 수가 없었다. 저미는 아픔이고, 고통스러운 눈물이었다.

나. 자운대에서 희망을 얻었다

그대로 그렇게 그곳에서도 땡땡땡 종은 울리고, 대전 육군대학의 치열한 무한경쟁의 굴속에 다시 스며들어 가고 있었다.

수많은 고급 장교들이 모여, 전술과 전략을 연구하는 기간으로 그 생활은 결코, 쉽지 않은 절체절명의 순간들이 연출되고 있었다. 평가를 받는 것이기에 웃지만 웃는 것이 아닌 보이지 않는 양면의 모습들도 스쳐 지나가고 있었다.

이것이 바보 아빠의 삶에 마지막 교육이고, 공부하는 시간이고, 바람이길 소원도 다짐도 하는 시간을 가져보게 되었다.

늦은 시간까지 책을 보면서 논하였던 좋은 친구들을 다시 만날 수 있는 것이 지금은 행복의 인연으로 발전되어 있다. 세상을 잘못 살아오지는 않은 것 같아, 그냥 좋기만한 것이 현재의 삶이다.

일부, 바보 아빠보다도 조금은 높은 위치에 오른 친구들은 목에 힘도 주고, 그러하지 못한 동기와 친구들이 우습게도 보이는 것 같기도 하다. 겸손과 배려를 모르는 아쉬움도 있었다.

잘나갈 때와 그 자리에 있을 때 잘하라는 말이 있다. 평생 그 자리를 꿰차고 있을 듯하고, 배려의 마음으로 베풀고 나누고 누리는 행복은 생각도 할 수가 없는 것이다.

바보 아빠의 세 명의 자녀들에게 늘 강조한 것이 있다. 법과 규정의 테두리 안에서 해줄 수 있는 일이라면, 그것이 무엇이든 해결하여 주는 사람이 되어주라고 아이들에게 사람 사는 세상 이야기도 들려주고, 때로는 가르치기도 하였다.

대전 자운대 그곳에서 지혜와 지환이는 학교는 잘도 다니었다. 어린 시절 유치원과 피아노 학원에 다니고, 초등학교에 입학하면서부터는 공부를 위한 학원은 다니지 않은 것 같았다. 보내지도 않은 기억이다.

아이들 셋 모두가 그렇게 스스로 책과 가까이하면서 놀아주는 것이 큰 복이었고, 그 덕택이 오늘의 기쁨이고, 소확행을 이루는 삶 속의 행복이 아니었나 짐작이 되고 있다.

영관장교가 되고 나니, 먹고 사는 문제에는 조금은 여유가 주어진 삶의 숨통이 트이고 있는 것도 같았다. 그것은 학원을 멀리하고 스스로 공부하여 준 아이들 덕분이기도 한 것이다. 기분 좋게 열리는 맑고 밝은 삶으로 이어지고 있었다.

그러던 8월의 어느 날에 교육에 대한 성과도 얻고, 다음 전속지를 향해 떠나야 할 시간이 다가오고 있었다. 이사를 앞둔 어느 날이었다. 큰딸 지혜의 초등학교 담임선생님께서는 아내 수네 여사를 긴급으로 찾고 있었다.

아침나절에 잔뜩 겁을 먹고서 긴장된 모습으로 담임선생님을 찾아갔었다. 우리 애가 무엇을 잘못 하였을까. 그리고 잠시 정적의 시간이 흐른 다음에 선생님의 말문은 열리었다.

"지혜 어머님, 지혜 이 아이는 지금까지 가르친 학생 중에 아주 특별한 아이입니다."라는 말씀이었다. "네, 선생님(깜짝 놀라고 뒤로 넘어져 꽈당할 뻔하였다는 후문) 무조건 고맙습니다. 감사합니다"로 넙죽 엎드렸다.

아내 수네 여사의 얼굴에는 결혼 후에 딱 한 번의 제대로 된 웃음꽃이 피어 있었다. 그 아이가 훗날에(2012.11월) 대학 3학년 때의 사법시험을 단 한 번의 도전(1~3차 시험)하여 합격하는 환희의 기쁜 선물을 안겨준 큰딸 지혜였다.

지혜, 큰딸 지혜는 누구를 닮았을까.

빨간 투피스 아가씨이었던 아내 수네 여사일까 아니면, 바보 아빠를 닮았을까. 진위가 당대의 화제가 되기도 하였다.

다. 전속 명령의 아쉬움과 교관 생활의 희로애락

그곳의 생활은 그렇게 마무리하고, 속된 말로 죽어도 가기 싫었던 육군포병학교로 장교 전속 명령에 의거 갈 수밖에 없었던 것은 큰 아쉬움으로 남아 있다.

육군포병학교에 가기 싫어 육군본부 전투2과 담당자와 대판 입씨름하며, 신경전의 전투를 벌이고 있었다.

바보 아빠가 왜 학교 기관에 가야 하느냐, 나는 가기 싫다. 최악의 상황으로 변방의 오지라도 좋으니 야전으로 보내달라고 울고 또 울었다.

군 생활이라는 인생사에서 실타래가 술술 잘도 풀리려나 하였으나, 역시나 또 한 번은 꼬이기 시작하였다. 그렇게 원하지 않는 전속 명령을 받고 그곳에서의 생활은 그냥 그렇게 이어졌다.

교관이 되기 위해서 3개월여의 과목연구 기간을 거쳐 함께한 많은 동료보다 제일 먼저 교관 연구 강의를 마치고, 전술학(화력) 교관의 임무를 수행하게 되었다.

당시에 연구 강의 준비과정은 참으로 힘든 자신과의 전투이었고, 고난의 시간이었다. 낮에는 연구하고 밤에는 강의 연습을 하면서, 야전부대와 연계된 학교 교육을 완성한다는 일념으로 혼신의 노력을 다한 시간이었다.

연구 강의 준비기간 내내 얼마나 많은 겁을 주던지요. 연습 강의 시에는 초등학교 3학년이었던 아들 지환이를 강의실 중앙의 상석 자리에 앉게 하고서, 아들 앞에서 아버지가 강의하는 순간으로 진하게 평가를 받고 있었다.

그러나, 순간 몸은 움츠리면서 떨고 있었다.

"최지환, 아빠가 말이지. 너네 선생님보다 잘 가르치는 것 같으니?"

"응 ~ 아빠, 우리 아빠가 최고다. 최고."

세상을 살다 보니, 난감한 상황도 있고 오는가도 싶다.

연구 강의 시 임석상관은 교수부장(준장)이었고, 이분은 소위 임관 후에 초등군사반(OBC) 교육을 마치고, 강원도 고성

군 간성읍에서의 근무 시절에 첫 번째의 대대장이었다.

아주 특별하고 기이한 인연이었던 것 같다. 그래서 그런지 연구 강의 준비기간 내내 다른 동료들보다도 더 심적으로 부담도 되고, 걱정도 더 많았다. 연구 강의는 한 번에 합격을 못하고 불합격하면 망신이었다. 그 시절은 갑갑하기도 하였다.

이후, 정상적으로 교관 임무를 성실히 수행하였고, 한때는 최우수교관이 되는 영광과 명예도 얻었다. 그 결과 포상으로 아내 수네 여사와 꼬마들 셋을 군용 수송기에 태우고, 제주도 여행을 누리는 기쁨의 시간도 있었다.

비행기를 타고서 공중낙하 훈련을 하러 가는 줄 알았다. "문에서~ 뛰어," 아내 수네 여사와 아이들도 생전에 경험할 수 없는 특별한 경험을 한 것이다.

교관의 명예이었던 '휘장' 이것만큼은 바보 아빠에게는 값진 명예이었고, 선물이었기에 우리 집의 장식장 안에서 숨 쉬면서 지금도 바보 아빠를 열심히 응원하고 있다.

더 높은 곳을 향하여 무한경쟁이 다 끝난 어느 날에 회자되는 이야기가 있었다. 기라성같은 많은 동기생(보, 포, 기, 공, 화)들이 뜻을 이루지 못하고, 눈물의 찐빵을 많이도 사 먹으면서 꿈을 포기해야만 하는 애틋한 사연들이 어느 병과이든 간에 그곳의 상무대에서는 많이도 전해지고 있었다.

수많은 상무대 동기생들의 친목과 화합의 장을 위하여 동기 사랑의 아름다운 우정의 시간도 함께 누리기도 하였다.

그래도, 바보 아빠는 아내 수네 여사와 아이들 셋과 함께 여행(산과 바다, 섬 등)하면서 보낸 시간과 전남대학교 행정 대학원을 다니면서 행정관리 석사학위를 취득하게 된 것이 그 무엇과도 바꿀 수 없는 삶의 아름다운 맛과 멋을 나누고 누릴 수 있었던 행복한 시간이었다고 말할 수 있다.

세월은 또 흐르고, 어느 겨울날이었다. 후방지역에 내려와 아무런 흔적도 없이 시간만 보내는 것은 먼 훗날에 무언가는 아쉬움 속에 안타까움만 가득하고, 후회하고 말겠다는 중압감이 밀려오고 있었다.

조금은 자유와 여유의 시간이 충만 되는 시기이기에 더 이상의 다른 것은 접어두어 내려놓고서 일체의 생각도 하지 않기로 하였다.

오직 아내 수네 여사와 아이들 셋과 함께 주말과 공휴일에는 여행 삼매경에 흠뻑 젖기로 하고, 과감하게 실행에 옮기었다.

가족이라는 이름으로 현재까지를 살아오면서 가족을 위해 제일 잘한 것이 바로 여행이었다. 산과 들, 그리고 바다와 섬 등을 쉼 없이 찾고 또 찾아 고개를 내밀었다.

그 결과, 당시에는 아이들이 힘들었는지는 몰라도, 지금은 아내 수네 여사와 아이들 모두 고마움으로 간직하고 회자하고 있었으니 기쁨이고, 사람 사는 재미가 아니었나 하고 모두에게 감사하고 있다.

다. 대학원에 다니던 날의 꿈과 희망의 삶

주변의 사람들 모두는 상무대 내에 설치된 각 대학의 분교를 선택하였으나, '좀 더 그곳(사회)으로 다가가 보자.'라는 큰 의미의 도전으로 알고, 약 40여 분(편도)의 시간을 투자하여 쏜살같이 달려간 광주 용봉동의 전남대학교이었다.

이내 행정대학원에 원서를 접수하였고, 전형 일정에 맞추어 면접 과정도 거치며 영광스럽게도 합격통지서를 받게 되는 기쁨을 누리게 되었다.

당시 면접 과정에서 면접을 담당하신 교수님께서 하신 말씀이 참말이지 재미가 있었다. 국어국문학과를 나와서 행정학을 공부하실 수 있겠어요. 바보 아빠는 잘 할 수 있습니다. 근데요, 교수님, 행정학 공부는 우리나라 한글이 아닌가요.

바보 아빠는 국어국문학과를 졸업하였어도, 숫자로 먹고사는 포병 병과로 특기를 받아서 이 악물고 살아남아 여기까지 왔거든요. 교수님은 순간적으로 표정은 일그러지고, 잘못하면 큰일 날뻔한 순간이었다.

꽃피는 3월이 되니, 입학식과 함께 대학원 공부는 시작되었다. 일주일에 두 번은 학교 가는 날이고, 5학기나 되니, 2년하고도 6개월을 더 다녀야 졸업하는 날이 온다고 하였다. 길고도 먼 인생의 공부 길이었다.

그렇게 새로운 도전은 어렵게 시작되었다. 대학원은 그냥 혼자서 연구하고 공부하면서 산물을 만들어내면 좋으련만, 무슨 수업은 그리도 많고 출석도 부르고 리포트 숙제도 많았던지, 늘 '난감하네'로 마음을 다스렸다. 공부는 주경야독이었다. 그것만이 아니었다. 중간고사에 기말고사까지 나이 들어 점점 익어가는 과정에서는 어렵고 힘든 시간을 보내야만 빛을 보는 상황에 부닥치고 있었다.

그런데, 제가 봐도 광주와 전남지역의 공무원(행정, 경찰, 교육, 군인)과 전문직, 그리고 기업체의 직장인분들까지 그 나이에 학구열은 멋지고 대단하고 자랑스럽기까지 하였다.

기간 중의 어려운 여건에서도 기쁘고 재미나는 일도 참 많이도 있었다. 어쩌면 바보 아빠가 먼 미래를 예측하고, 바로 이것을 위해 각종 여건이 제한되는 상황에서도 선택한 느낌이었다.

원우회의 주요 직위를 맡고 계신 분들끼리의 소통과 나눔의 멋진 시간도 나누고 누리면서, 사람 사는 세상 속에서 사회 변화의 온도 차도 체험하고, 좋은 사람 좋은 친구로서의 인연의 끈은 계속되고 있었다.

물론, 분명한 세대 차이는 있었다. 서로가 예의를 지키면서 이해하고 존중하고 배려하는 따뜻한 우정 속에 아름다운 꽃은 지지를 않고서, 더 예쁘게 피우기 위하여 땀을 뻘뻘 흘리었다. 아쉽지만, 계절이 여러 번 바뀌니, 어느덧 졸업의 시기가 다가왔다.

결코, 쉽지 않은 석사학위 논문 준비는 교관 연구 강의 이상으로 고뇌의 시간이었고, 신선한 충격을 주고 있었다.

밤하늘에 피어 있는 별의 수를 세어가며, 작성된 논문에는 담당 지도교수님들의 도장이 잘도 찍히고, 그 논문은 인쇄에 들어가서 한 권의 책이 되었다. 우리 집 2층 서재의 책장 공간에는 논문이 자리를 잡고서 숨을 쉬고 있다.

그렇게 전남 광주의 용봉동에서 함께 한 시간은 사는 동안 버리지 못하고, 버려서도 안 되는 소중한 추억의 시간이었으므로 삶의 중요한 자리에 저장하여 두고, 어느 날에 다시 들추어 보아야겠다고 다짐도 해두었다.

그 시절의 함께한 좋은 사람 좋은 친구분들과의 소중한 인연은 멈춤 없이 계속 이어지고 있었다. 나이 들어 익어가는 아름다운 삶 속에서 얼마나 기쁘고 행복한 일인지 미소가 피었고, 지칠 줄을 모르고 있었다.

참 좋은 인연의 대학원 생활이었고, 동창들이었다

아내 수네 여사는 먹고살기 위해 눈치코치를 무릅쓰고 우유 배달의 땀 흘린 시간과 큰딸 지혜의 삼계중학교의 진학은 또 다른 변화이고 도전이었다.

검은 머리 흰머리로의 나이가 들어가면서도 희로애락을 함께 할 수 있는 바보 아빠네의 가족과 좋은 사람 좋은 친구들은 바보 아빠의 삶 속에는 큰 자산으로 남아 있다. 이는 무엇과도 바꿀 수 없는 소중한 삶의 자산이었고, 행복의 징표이었다.

라. 군 생활의 종착역에서 희망을 보았다.

그렇게 마무리를 하고서 달려간 곳은 제7포병여단이 위치한 와부(덕소)라는 곳이다. 처음으로 가보는 곳이었다.

어쩌면 현역의 신분으로 마지막 근무지일지도 모른다는 느낌이 진하게 다가오고, 무엇이든 끝나는 그 날까지 아름답게 최선을 다하고, 제2의 인생 역사를 개척하자는 생각으로 가득하였다.

결국, 바보 아빠의 마지막 종착역은 부대를 창설하고, 임무 수행 능력을 배양하여 전투 수행 능력을 갖추는 것이었다. 부대 관리뿐만 아니라 신무기(MLRS)에 대한 경험지식도 없었으니, 너무도 커다란 임무가 기다리고 있었다.

시흥에서의 지휘관 3년은 참으로 힘들었던 기억이 한 아름 가득하였다. 내가 할 수 있고, 해야 하고 하면 된다는 긍정으로 성공적인 부대를 만들어 후임자에게 인계할 수 있는 보람으로 마음은 뿌듯하였다. 뭉클한 시간 속에 피어난 어느 한여름 밤의 촛불잔치이었다.

집을 지어 살아갈 수 있도록 터전을 만들어 주는 일은 정녕 쉬운 일이 아니었고, 그 시절 함께 땀 흘려주신 전우(장교, 부사관, 용사, 가족 등)들에게 고맙고, 감사한 인연이었다.

부족한 지휘관을 만나 힘들게 고생만 시킨 것 같아 위의 글에서나마 함께하였던 수많은 전우 여러분들에게 사죄를 드리고, 미웠지만 넓은 마음으로 이해하고 용서하고 포용하여 주리라고 머리를 숙인다. 지휘관이 부하들에게 주는 인사는 충성이었다. 그 시절 어려운 환경과 여건 속에서도 아낌없이 지원하고 사랑하여 주신 친구와 지인 여러분에게도 따뜻한 사랑의 마음을 드리고 싶다.

현역 신분으로 마지막 보직과 직책을 수행하면서 군을 아끼고 사랑하였기에 여기까지 큰 대가 없이 올 수가 있었다.

군복을 입고 생활하면서 끝까지 포기하지 않고, 책무를 다하면서 부대를 창설하고, 각종 훈련과 평가를 거치었다. 그해 어느 가을날에는 육군의 5대 가치관(충성, 용기, 책임, 존중, 창의)의 솔선수범으로 책임 분야의 참군인 대상 후보에 오른 것이 바보 아빠의 길고 길었던 20년의 현역으로의 군 생활은 끝이었다. 보람이었고, 뿌듯하고 자랑스럽기도 하였다.

어찌 어찌하다 보니, 파릇파릇한 소위 계급장을 달고서 청운의 꿈을 않고 시작한 군 생활은 20여 년이 훌쩍 지나가고 있었다. 세월은 잡을 수가 없는 것으로 빠르기만 하였다.

어느 훗날의 남이섬 인생 여행을 하는 동행의 길에서 건강한 삶으로 힐링을 추구하는 한 멋진 친구는 인생길에 참 좋은 명언 한 줄을 남겨주었다. 진급은 '업무를 잘하는 것이 우선이 아니라 돈이다.'라고, 인생길의 슬픈 자화상을 그려주고 있었다. 한 줄 명언의 흔적은 저장이 되어 오래 기억되고 있을 것이다.

아내 수네 여사는 결혼 시작부터 가난한 바보 아빠가 무엇이 그리 좋다고, 산전수전 공중전을 다 겪어보면서 인내하여 온 군인 아내의 삶이었다. 그런 삶 속에서도 어려움 한 번 내색하지 않고 내조하여 주었다. 아이들도 잘 키우고 성장시키어 준 바보 아빠의 아내 수네 여사 당신은 최고의 아내이고, 엄마이었다. 바보 아빠에게 자수성가와 출세를 하고 성공한 삶으로의 명예를 인생의 맛과 멋이 있는 가을의 향기 속에서 이름표를 달아주었기에 아내 수네 여사의 살아온 삶의 향기는 더욱 진하게 피어나고 있었다. 그 순간을 지나고 나면, 살아온 길과 살아가고 있는 길, 살아가야 할 길은 별거 아닌, 그냥 그렇게 가는 똑같은 길이다. 이 자리를 빌려 모두를 이해하고 용서하고 베풀면서, 좋은 사람 좋은 친구들과 함께 나아가고, 맛과 멋이 풍요로운 아름다운 삶을 찾아 나서겠다고 다짐도 하였다. 어렵고 힘들었던 멋진 바보 아빠를 만나서 연애하고, 사랑하고 결혼하고, 사랑의 흔적을 세 개씩이나 남겨주신 나의 신부, 나의 아내, 수네 여사와 지혜와 지환, 지원이에게도 19번이라는 잦은 이사와 어렵고 힘들었던 환경과 여건에서도 희로애락의 순간들을 잘 참고 극복하여 주고, 사람 사는 세상으로 우뚝 솟아 웃어주는 그대들에게 바보 아빠가 주는 아름다운 행복의 훈장을 멋지게 달아주고 있었다.

"충성! 신고합니다. 소령 최정식은 2006년 6월 30일부로 전역을 명 받았습니다. 이에 신고합니다. 충성!"

그렇게 세월은 흘러갔고, 가고 있고 또 오고 있었다. 가난은 죄가 아니었기에 한 점 부끄러움이 없었고, 그 가난을 극복하고 아이에게 대물림하지 않기 위해서 지난날의 서글픈 삶의 눈물은 지금의 바보 아빠에게는 부와 명예를 동시에 얻게 하여 주었고, 양어깨에 행복의 날개를 달아주었다.

순간순간의 찾아오는 위협과 고난에서도 굴하지 않았고, 성실, 정직, 노력이라는 어릴 적부터 간직하였던 가치관을 흐트러짐 없이 잘 간직하면서, 실천하고 행동하여왔기에 더 높은 그곳에 오르지는 못하였지만, 살아온 삶의 가치는 더욱 떳떳하고 부와 계급으로도 바꿀 수가 없는 최고의 가치이었고, 삶이었다고 바보 아빠는 평가하였다.

그리고 생존을 위한 인생 2막이 저만치서 손을 내밀면서 그동안 수고했다고 어서 오라고 손짓을 하여 주는 멋진 날이었다. 빨간 투피스 아가씨 말입니다. 일찍 전역하자는 소원을 들어주지 못하여 늘 미안하였습니다.

15. 인생 2막과 희로애락의 삶

가. 또 다른 도전, 새로운 직업과의 전투

"사는 동안 더 이상의 책과의 전투는 끝났구나."라고 생각하였다. 혹독한 책과의 씨름은 기다리고 있었다. 이번에는 군사학이 아닌 법이었다. 인생을 살아가는 길이 결코, 쉽지 않다는 것을 말해주고 있었다.

무엇을 위해 저렇게 어렵고 힘든 고난의 길을 살아야만 하는가 싶었다.

그래도 전역하기 전에 1년이라는 사회 적응 기간이 주어지니 다행이었다. 가장이 생계를 팽개치고서 머리를 싸매고 공부한다고 틀어박히는 순간은 끔찍이도 하기 때문이다.

그렇게, 학원과 집을 오가면서 책과 힘든 싸움은 시작되었다. 보금자리 주변의 한적한 도로와 산길을 벗 삼아, 걷고 달리면서 아름다운 인생 2막은 출발이었다.

사람에게 절박한 순간이 다가오면, 힘과 역량은 무한대이다. 산길을 걸으면서 뛰어보니 산악구보가 되는 것을 체험하며, 삶의 희열을 맛보았다.

삶을 포기하는 것보다 더 무서운 적은 없었다. 포기하지 않으면 100%는 아니었지만 생각하는 만큼 이상의 짜릿한 맛과 멋을 누릴 수가 있다. 바로 간절함과 절박함이 필요하였다.

엉덩이에 피가 나면서 딱지가 지고, 굳은살이 박인다. 읽고 쓰고 외우기를 반복하니, 많은 양의 법들은 3개월이 안 되어 암기되는 신기한 두뇌가 있었음을 확인하였다.

우와! 바보 아빠, 너 참 대단한 놈이구나!

그렇게 시간은 가고, 원서접수와 신체검사, 체력측정, 면접, 그리고 필기시험을 거쳐 영광스러운 합격통지와 함께 새로운 직장을 얻게 되었다. 인생 2막의 인생은 부드럽게 시작되었다.

어렵게 공부하면서 동병상련의 아픔을 함께 나누고 누리었던 동기들은 낙오자 한명 없이 새로운 직장을 얻었고, 현재까지 1년에 두 번은 꼭 만나면서 삶의 희로애락을 함께하고 있다.

나. 사회생활의 첫발을 내딛다

그렇게 간 곳이 장수와 장류의 고장인 전북 순창이었다. 이곳이 마지막으로 돈 버는 삶이기를 바라면서, 허름한 중고차를 구입해 달려갔다.

순창에서 머무를 수도 있었으나, 고향이 근처이기에 홀로 사시면서 힘든 농사일을 하시는 어머니와 함께 사는 것이 최선의 방법이고, 도리라고 생각하였다. 대학 졸업 이후에 뜻하지 않은 우연의 운과 복으로 어머니의 품에서 함께 둥지를 트는 기회이었다.

또 하나는, 현역 시절에도 떨어져 생활하지 않았었는데, 본의 아니게 두 집 살림해야만 하는 기러기 아빠가 되었다. 새로운 삶은 열리고 있었다.

보직 신고도 하고, 새로운 직장에서의 업무 파악과 함께 바보 아빠의 고객은 지역의 예비군과 주민이었다.

인생이란 다 그런 것, 살다가 웃고 가는 것이라고 노래한 어느 가수의 노랫말이 떠올려지고 있었다. 예비전력관리 업무를 수행하는 직업은 굴곡진 삶이 덜 하리라고 생각하였다. 그러나 착각이었다. 90년대까지는 최고의 직장이 분명하였다는 후문도 들었다.

그런 와중에 혈액암으로 투병 중인 동생은 삶과의 이별하고 하늘나라(2008.2)로 가고, 더 이상은 볼 수가 없었다.

모든 장례 절차를 마치고 고향 어머니의 집에 도착하기 1.0km도 채 남겨두지 않았다. 운전석 앞의 중앙 유리창에는 커다란 수컷의 꿩 한 마리가 날아와 부딪치고 있었다. 현장 죽음이었다.

이내 불길한 예감이 들어왔고, 그 무엇은 직장에서 일어나고 있었다.

다. 불협화음 가득한 공직생활은 슬픈 인생이었다

현역 시절에 식당에서 밥을 먹기 전에 삼시세끼 꼭 하는 말이 있었다. 바로 '감사히 먹겠습니다.' 이었다. 감사라는 말이 참 좋은 말이었으나, 인생 2막의 직장에서의 용어는 아픔이었고, 고통이고, 최고의 스트레스이었다.

감사라는 것이 얼마나 힘들고 고통스러운 것이었으면, 우스갯소리로 구전으로 회자 되는지 못내 아쉽기는 하였다.

'우리의 적은 북한이 아니라 00이라는 것이다.'라는 말이 공공연히 회자가 되었다. 기억하기 싫은 사람 들의 잘못된 만남의 민낯이 분명하였다.

초급장교 시절의 기억이 떠오르고 있었다. 너무 잘하려고 하지 말고 중간만 가라는 말을 그 시절에는 많이도 하였고 들었다. 그리고 진짜 의미의 깊은 맛을 알게 되었다.

예비군 지휘관의 직책을 수행하면서 잘하려고 하지 말고 중간만 가면 되지, 뭣 하러 그렇게 열심히 잘하려고 하였는지 아이러니였다. 현재의 삶에서 돌이켜보니 정말 아무것도 아니었는데, 큰 아쉬움으로 남고 있었다.

당시에 처음으로 인연을 맺은 연대장은 업무보고를 받으시면서, "이제는 짜웅 할 일은 없으시잖아요."이었다. 속 많이 시리고 배꼽을 움켜쥐고 있을 수밖에는 없었다.

세월이 약이겠지요. 그것은 약이 아니고 독이 되어, 하나둘씩 서서히 다가오고 있었다. 바보 아빠가 곰곰이 생각하여 보니, 그것도 무서운 생존경쟁의 치열한 전투이었다.

현역 시절에 1개 소대, 1개 대대급 수준의 병력을 지휘하였으나, 상근예비역 2~3명을 관리하는 일도 쉽지 않은 힘들었던 기억들이 남아 있다.

조금은 질적으로 부담 없는 좋은 용사를 부하로 전입시키기 위해 노력하는 모습도 애잔하게 다가왔다. 결국, 용사의 수준에 따라 일부는 부대의 전투력 수준이 결정되기도 하였고, 그러하기 때문인 듯싶다.

평소 민관군 유대관계를 잘 유지하고, 협조 및 지원체계를 구축하는 일은 전시 대비 작전 실시간 통합을 이루는 것으로 중요한 요소가 되는 것이다.

라. 감사가 만사로 삶의 멍에를 씌우다

감사는 늘 발목을 잡고 걷지 못하게 했다. 그것이 무엇이든 평가는 공정성, 객관성, 신뢰성, 투명성이 우선이고, 생명이었다. 현역 시절에 평가실장의 경험이다.

평가의 중요성과 미칠 영향을 상실한 감사는 화합과 단결을 저해하는 나쁜 요소로 작용하는 암적 존재이고, 갑질이었다고 저장되어 기억시키고 있다.

여기서 남기고자 하는 핵심 사항은 현역 신분의 부대와 군인들이 예비군 지휘관과 중대를 바라보는 시각이 크게 잘못되고 있다고 생각하고 싶어서이다.

현역과 예비역은 군 출신이고, 군인이면서 선후배의 사이다. 어쩌면 안보와 유사시 작전 수행을 위해서는 상호간 끈끈한 예우와 협조와 화합 등이 필요한 관계이다. 이간질하는 모습으로 비추어지고 있어서 아쉬움이었고, 화가 치밀어 참을 수가 없는 고통의 시간도 엄습해오고 있었다.

잘못된 것과 불의를 보고 약자를 괴롭히는 것들은 악랄하게 물어뜯는 독기가 바보 아빠의 내면에는 항상 잠재하여 있었다. 그것을 극복하기 위하여 가능하면 절제하고 통제하면서, 그러한 상황이 전개되지 않도록 사전에 숨 고르기에 들어가 진정시키곤 하였다.

그런 와중에도, 좋은 친구 좋은 동기가 있는 반면에 그러하지 못한 사람들도 있어 아쉽고 씁쓸하기만 하였던 기억이다. 선의의 경쟁이 아닌 간사함과 오만의 극치이었다.

'있을 때 잘해, 잘 나갈 때와 높은 곳에 있을 때 위만 보지 말고 좌우도 살피고, 아래도 쳐다보라.'는 진실한 덕의 가치를 모르는 친구들도 분명 있었다.

상급 부대에 근무하면서 예하 부대에 검열 및 점검, 방문차 동기생이 온다는 명단을 보면 그냥 미소가 저절로 나오고 좋았다. 그러나 어떤 친구는 먼저 고개를 숙이고 배려하는 반면, 어떤 친구는 대단한 허세로 다가왔다.

그 후, 바보 아빠는 허탈감과 배신감으로 한때는 스트레스로 힘들었던 아픈 기억들이 남아 숨 쉬며 회자 되곤 하였다. 개인적인 느낌과 생각을 피력하면서 쓰담쓰담을 해 주고 있는 것이다.

마. 삶은 자기를 아끼고 사랑하는 것이었다.

'너무 최고보다 앞서려 하지 말고, 바로 뒤만 따라가, 그러다가 앞서면 좋고. 아니면 말고.'라는 어느 카스 친구의 글이 다시 한번 살갑게 다가와 안기었다.

향방 작전 준비와 실시, 지역사회 발전, 감사 등 참으로 복잡다단하고, 마음의 중심 없이 흔들리면서 기쁨과 재미도 없고, 하루하루가 스트레스이니, 잘 극복하면 좋겠다는 생각을 가져보게 되었다.

그렇게 시간과 세월이 흐르고 해가 바뀌면서 얻은 결론은 바보 아빠를 아끼고 사랑하자는 것이었다.

2013년 12월 어느 날에 있었던, 대한민국 ROTC 23기 정기총회 및 회장 이취임식, 송년회에서 동기생들의 이름으로 받은 '행복 가족상'은 바보 아빠의 삶에 또 다른 맛과 멋으로 질적인 행복의 삶을 추가시켜 주는 계기가 되었다.

그런 실천과 행동을 함께 나누는 것이 어려운 환경과 여건이었지만, 인생 2막의 시작과 함께 가장 잘한 것이었고, 행복을 찾아가는 길이었다.

주어진 일상의 삶에 익숙해지고, 적응되어 가니, 여유의 시간을 함께할 거리를 찾게 되었다. 배드민턴과 걷기 놀이, 산행 등 삶에 새로운 큰 변화와 도전을 시작하고 발전시켜 나아가는 좋은 쪽으로의 변화된 삶을 추구하기 시작하였다. 그것은 멈춤 없는 열정과 도전으로 계속되었다.

바. 소중하신 어머님을 다시는 볼 수가 없다

그러던 어느 날, 가장 소중하신 어머니께서 하늘나라(2012.2.24)에 가시었다. 청천벽력 같은 상황이 너무나도 빠르게 찾아온 것이다.

2월 말의 어느 금요일 아침, 출근길에 감기 기운이 있다고 하시어, 모셔다드릴 터이니 병원에 가시자고 권하였으나, 괜찮다고 하시니 그런가 하고, 집을 나선 것은 결국 후회가 되고, 한으로 남았다. 누구를 원망할 수가 없는 후회막심이었다.

일요일 늦은 시간에 집에 도착하여, 혼비백산이신 어머님을 모시고 정읍 아산병원 응급실을 찾아 진료를 받고서야 입원을 하였다. '이제는 괜찮으시겠지?' 하였으나, 아침 기상과 동시에 중환자실로 옮기셨다는 전갈을 받고, 한걸음에 달려갔다.

병명은 폐렴이었고, 말도 잘하시고 음식도 섭취하셨기에 '이제 괜찮으시겠구나.' 했다. 폐에 균이 침투한 상태가 되니, 회복 불능의 아쉽고 서글픈 상태가 되어 말없이 하염없는 눈물만 흘려야 하였다.

조금만 더 건강한 모습으로 오래 사셨으면 좋으련만, 세상에 태어나 하늘나라에 가시는 순간까지 좋은 삶과 생활을 한 번도 누리시지를 못하고 가시게 한 것이 평생 한이 되고, 죄인이 되어 살아야만 하였다. 불효자가 되었다.

무엇이라도 삶의 기쁨과 환희를 맛보셨으면 좋았을 터인데, 자식 된 도리를 다하지 못하여 아무도 보지를 않고 소리 없는 그곳에서 눈물만을 흘리는 불효자이었다.

그 후로 평소에 못 하여 드린 것만이 떠오르고, 한동안 방황 속에 술과 담배로 의지하면서, 힘든 참회의 시간으로 많은 시간은 흔들리었던 기억이 새록새록 고개를 들고 있었다.

이제 네 분의 부모 중에 세 분이 작고하시고, 장모님께서만 생존하여 계신다.

우리는 평소에 부모님을 생각한다면서, 무엇이든 간섭하고 통제하고 못하게 하고, 쉬게 하는 것이 제일 큰 효라고 생각한다.

이는 효가 아니고, 삶의 자유와 여유가 없는 간섭과 통제이었고, "어서 빨리 돌아가십시오."라고 권하는 것이 올바른 생각이라고 여기고 있다.

엄마 닭은 '똥이 묻은 달걀을 더럽다.'고 하지 않는단다. 가슴에 꼭 품지, 엄마는 그런 거야. 똥이 묻어도 더럽지 않고, 추울까 깨질까 염려하면서 꼭 끌어안는 거란다는 말이 살갑게 다가와 노크를 해주었다. 그렇게 어머니는 자식들을 정성과 사랑으로 애지중지하며 키우신 고맙고 사랑하는 최고의 어머니이었다.

사는 것이 별거 아니라는 것이 깊게 다가왔다. 돈을 벌어 효도하겠다는 생각은 자식의 도리가 아니었다. 진정한 효의 실천은 그분들에게 자유와 여유를 드리고, 하고 싶은 것을 하시도록 하여 편안함을 드리는 것이 착한 자식의 도리이었다.

자주 찾아뵙고 말벗이 되어주면서, 맛과 멋을 함께 나누는 것이 진정 부모님을 생각하는 효도가 아닐까 하고 마음에 맺힌 깊은 뜻으로 남겨두고 있었다. 효의 근본은 부모님의 불편을 찾아 해소하고, 필요한 것이 무엇인지를 알아내어 조치해 드리는 것, 바로 심부름이었다.

부모님은 우리를 기다려주지 않았다. 살아 계실 때에 자식된 도리를 다하고 서서히 이별을 준비해야 하는 것은 자연의 순리가 아닌가 하고, 다시 한번 그 의미를 깊이 생각해 보았다. 이미 그 시기는 지나가 버렸다. 울어도 소용이 없는 슬픈 이별이었다.

눈물이 났다. 상을 치르는 3일간은 애써 눈물을 보이지 않았다. 세월은 흐르고, 아버지와 어머니가 그립기만 하다. 가끔 눈시울을 붉히고, 이불을 뒤집어쓰고서 몰래 울어야만 하였다.

사. 아들의 군입대와 삶의 변화가 시작되었다

계절은 바뀌어 봄과 여름 지나니, 파란 하늘 산들바람은 일어 가을의 향기가 가득한 어느 가을날이었다. 하나밖에 없는 바보 아빠의 멋진 친구가 군에 입대하게 되었다. 시간을 내어 혼자서 외롭게 지내는 아빠가 초라하고 안 되어 보였는지 내려와서 며칠을 쉬어 갔다.

매끼 산해진미는 아니었고, 삼겹살과 김치찌개 등을 준비하여 술 한 잔 따라 쨍하면서 사람 사는 세상 이야기 속으로 빨려들어 갔었다.

아들이 군에 입대 한 이후, 커다란 결심과 각오, 그리고 삶에 대한 끈질긴 도전으로 술과 담배와는 영원한 이별을 고하게 되었다. 담배와 이별을 말하고 어느 겨울날에는 응모한 금연 수기가 당선되어, 상금 50만 원을 받는 운과 복이 터지는 날도 있었다. 그 상금은 이듬해의 설날 아침에 아내 수네 여사와 아이들(3)에게 복 많이 받고 잘 살아달라고, 예쁜 봉투에 담아 축복의 선물로 주었다.

전역 시에는 부대 정문 앞에서 바보 아빠에게 전역 신고를 하는 예비역 병장 최지환이었다. 수고가 많았던 군대 생활이었다.

아. 큰딸 지혜가 큰일을 해내고, 삶의 기쁨을 찾아주었다

그리고, 그해의 11월의 어느 날의 점심 무렵이었다.

그날은 우리 집 다섯 식구는 인터넷의 화면과 마우스를 만지작거리면서 극도로 긴장된 모습의 순간들이었다. 바로, 큰딸 지혜의 사법시험 최종합격자 발표의 날이었기 때문이다. 하루가 너무나 길기만 하였다. 시간은 왜 그렇게도 안 가던지, 기다린 시간은 길었다.

드디어, 합격자 공고 시스템이 열리고, 이름과 수험번호를 연신 비교하면서 커다란 4개의 눈으로 확인 또 확인의 긴박한 순간들이 연출되었다. 손바닥에는 땀방울이 흘러내리었다.

바로 그때였다. 이름 앞에 마우스와 눈은 동시에 멈추어지고 있었다. 최지혜 합격이었다. 바보 아빠 최가네의 집에 경사 났네, 경사가 났어. 최고의 기분 좋은 하루이었다.

이후로 연말까지 축하의 행진은 계속되었다. 고향마을 주변과 직장소재지, 초중고가 위치한 소재지 등 축하 플래카드는 휘날리었다. 순창 신문에도 보도가 되었다.

그리고, 12월 어느 날에 친지와 친척, 친구와 지인 등을 초대하여 생애 단 한 번 있을 축하연을 일산의 모처에서 하였다.

그때 함께하여 주신 친지와 친구, 지인 그리고 동기생 모두에게 다시 한번 고맙고, 감사함을 전하고 있었다. 기쁨의 짜릿한 순간을 부모님과 함께하였더라면 좋았을 것을 사는 동안 언제나 큰 상처이었고, 돌이킬 수가 없는 아쉬운 아픔이었다.

사는 재미의 힐링은 국내에서만 머무르지를 않고, 비행기에 올라 괌 등 외국 여행의 멋에도 삶의 재미는 더하여 주었다.

자. 혼자의 삶으로 숨 고르기는 시작되었다

이제 혼자이었다. 아버지와 어머니의 텃밭이 되었던 뚝방길의 논과 밭길을 매일 걸었다. 지난날의 아련하였던 고난의 삶을 꺼내어 고마움과 감사한 마음으로 되새김을 하면서 쉼없는 뚜벅이가 되었다.

내 고향을 지켜야만 했다. 퇴직하기 전까지는 이곳에서 보내야 하고, 어머니가 없는 집에서 살아갈 새로운 환경과 여건을 만들어 함께한 추억을 소중히 관리하고 간직해야만 했다.

부모님과 형제자매가 함께하며 뛰놀던 다양한 추억들이 이곳에 숨 쉬고 있다. 그러기에 지난날을 상기하면서 흔적을 지워버리거나 잊지 않기 위해서는 지켜야 한다.

부모님의 아련한 손때가 묻은 집과 논밭을 팔고서 떠나버리면, 고향은 없어지고 추억을 잊어버리는 것이 두렵기도 하였다. 그래서 지켜야만 하는 것이다.

지키고 가꾸는 한계를 초과한 논과 밭은 정리를 하였다. 오직 집안의 텃밭 가꾸기가 전부이었으나, 출퇴근하면서 작은 텃밭을 감당한 일도 쉽지 않았다. 고된 삶의 현장이 되었다. 그래도 해야만 하였다. 고충과 고난의 삶을 살아오신 부모님을 알게 되는 기회이었기 때문이다.

주중의 저녁 시간은 면 소재지의 실내체육관에서 배드민턴을 배우며 체력을 단련시키었고, 주말에는 늦둥이 지원이의 소원성취를 위해 인천, 수원, 계양체육관을 오가면서 프로배구의 경기관람에 나서는 일이 많았다. 이는 딸을 위해 배려한 시간이다. 훗날에 우리 가족은 모두가 프로배구 경기장을 안방처럼 드나드는 참신한 배구광이 되었다.

그리고 어느 날이었다. 여자배구의 꽃이 된 김연경 선수의 친필서명이 담긴 경기구를 선물로 받고 소장을 하게 되는 영광을 누리었다. 그 배려의 기회를 주신 친구에게 감사하는 마음은 가슴속 깊은 곳에 자리하고 있다.

이제는 '산에서 놀자'다. 산에 오르는 것에 재미를 갖고서, 동기생들과 산행하는 것은 주말을 기다리는 동력이 되었다. 나지막한 산을 오르는 재미로 시작한 등산은 소규모로 구성된 특별 산행 팀이 구성되어 전국의 100대 명산을 찾아 산세의 수려함과 풍경, 지역의 맛과 멋을 아는 기쁨도 안겨 주었다. 멋진 힐링의 시간으로 삶은 건강한 상태가 되었다.

가족 자전거 라이딩은 바보 아빠네의 자랑이었다. 자전거 5

대가 준비되어 있었고, 주말이면 아라뱃길과 한강, 남한강, 북한강을 넘나들며, 자전거 라이딩을 하는 재미는 사는 맛을 알게 되는 즐거움이 되어주었다.

삶을 살아가면서 기쁘고 좋은 일만 있으면 아름다운 인생일 것이다. 삶의 위협은 언제든 말없이 찾아오기에 그 시기와 순간을 잘 헤쳐나가는 지혜가 필요한 것이다. 그것을 간과하고 놓치는 순간이 없어야 한다는 것을 삶은 알려 주었다.

시간이 허락되면 가족 그리고 친구들과 자전거 라이딩, 100대 명산을 찾아 떠나는 산행, 아름다운 섬을 찾아가는 섬 여행, 친구와 동기생들과 함께하는 각종 행사와 체육대회 등은 강한 열정으로 계획하고 추진하여 실행에 옮긴 것은 강렬하고 멋진 도전이었다.

바보 아빠는 2015년 09월 12일 오후 3시경에 동기와 함께 마산에 위치한 무학산을 산행 중 하산길에 예기치 않은 실제 상황으로 길고도 질긴 생명선 전투를 할 수밖에는 없는 고통과 고난의 삶이 기다리고 있었다.

바보 아빠의 글로 인하여 불편한 분이 계신다면 정중히 사과를 드리고, 이해와 용서를 바라고 있었다.

제3부
삶에 드리워진 죽음, 그리고 생명선 전투

16. 죽음의 기로에선 눈물의 씨앗

여름 지나 가을의 문턱을 넘어 활동하기 좋은 계절이었다. 2015년 울릉도와 독도 탐방(2015.9.10-12)일정을 앞두고, 사전 휴가를 계획하여 준비도 진행되었다.

아쉽게도 울릉도와 독도를 가기란 쉽지 않았다. 갑작스러운 바다의 풍랑으로 배가 움직이지 못하니, 출항은 할 수가 없게 되었다. 아쉬움으로 모든 계획은 완전하게 흐트러지고, 조정할 수밖에는 없는 형국이었다.

결국, 일정은 순연 되고, 상경하기에도 제한이 되었다. 주말의 산행계획을 잡고서 무학산에 오르기로 하였다. 주말이면 산에 오르는 것이 일상이 된 바보 아빠의 삶이었다.

무학산(761.4m)은 경남 마산에 위치하였고, 산림청이 선정한 우리나라의 100대 명산이었다. 명산만을 찾아 산에 오르는 것이 78회 차가 되었다. 100대 명산 23개를 남겨둔 토요일 아침의 새벽이었다. 날이 밝아오자 어김없이 배낭을 메고, 출발하고 있었다.

일요일인 다음날에는 부산에 위치한 금정산 산행을 앞두고 있었다. 산행을 떠나는 준비물은 어느 때보다도 준비되어 있었다.

고속도로를 달리어 함안휴게소에 들리었고, 잠시 휴식과 함께 아침 식사를 하고는 산행의 목적지를 향하여 계속 진출이었다. 예정된 시간에 마산역의 약속장소에는 안전하게 도착하였다.

이후, 함께 산행하기로 한 동료를 만나 무학산 입구에 도착과 동시에 차량은 주차장의 안전한 곳에 주차했다. 본격적인 산행 준비를 마치었다. 가볍게 몸과 근육을 풀어주고 산행은 시작되었다.

새벽녘에 비가 내렸나 보였다. 등산로는 촉촉하게 젖어 있었다. 내린 비에 등산로 양옆으로는 상상화 등 초가을의 야생화와 이름 모를 버섯, 기이한 나무들의 형상들이 자태를 뽐내고 있었다.

여유로움으로 한참을 오르고, 약수터에서 귀한 물 한 바가지를 입에 넣어두니, 배는 볼록하게 솟아오르고 있었다. 가랑비가 내리고 있어서 그런지 산행을 하는 사람은 그리 많지는 않았다.

땀을 뻘뻘 흘리며 건강 100계단을 오르니 넓은 평전이 눈에 들어오고, 사방으로 탁 트인 공간으로는 갈대와 비 온 후에 맑게 개인 정상 부근의 운무가 장관이었다. 자연의 풍경에 감탄도 하고 눈에 들어온 정상을 향해 사랑 10계단을 힘을 다해 오르고 있었다.

그리고 무학산 정상이었다. 웅장한 무학산의 표지석과 함께 태극기는 힘차게 펄럭이고 있었다. 무학산 정상에서 바보 아빠의 눈에 비추어진 운무는 산행 중에는 보기가 힘들었던 멋진 장관을 연출해 주었다. 이런 아름다움을 찾아서 보고 듣고 느끼기 위해 아름다운 산만을 골라 산을 찾는 이유이고, 힘든 산행을 고집하고 오르는 것 같기는 하였다.

정상에 설치된 무학산의 유래와 돌탑, 마산 시내 풍경, 마창 대교의 아름다움을 마음껏 보고 느끼면서 한참을 망중한으로 보내고 있었다. 사방으로 펼쳐진 아름다움을 배경으로 그림도 여러 장을 카메라에 담아두었다.

산이 주는 멋에 반하고 조금의 여유를 더 주어 머물고 있었다. 하산길에 있는 무학의 상징인 돌탑 주변의 평탄한 양지를 찾아 허기진 배를 채우기로 하고 자리를 만들었다. 역시나 라면은 끓여지고 있었다.

영양도 공급하고, 커피 한잔을 음미하면서, 잠시 휴식 시간의 여유도 갖고서 내일의 부산 금정산 산행을 위해 하산길을 재촉하기로 하였다. 그리고 하산은 시작되었다.

하산길 등산로 상에 펼쳐진 풍경을 벗 삼아 대화를 나누고 한참을 내려왔는데, 길을 잘못 들어온 것 같다는 동료의 말이었다. 그냥 내려가면 좋았을 것을 다시 뒤로 돌아 올라가 길을 찾고 하산은 계속이었다.

3부 능선 정도 내려왔을 때는 마산 시내가 한눈에 들어오는 장관은 펼쳐지고, 그냥 놓칠 수 없어 인증사진을 남길 짤막한 찰나의 순간이었다. 잠시 돌아설 틈의 여유도 없이 미끄러지고 있었다.

바보 아빠는 낭떠러지 허공에 '붕'하고 뜨고 있었다. 잠시 후, 그 어떤 기억과 정신도 모두가 멈추어져 있었다.

이후, 동료의 신속한 응급처치에 이어, 119의 신고와 긴급 헬기 요청으로 마산 삼성병원 응급실로 긴급으로 후송은 이루어지고 있었다. 그리고 바보 아빠의 삶은 크나큰 잘못된 오점으로 남아 돌이킬 수 없는 고난의 삶은 시작되었다.

무학산에서의 생사를 넘나드는 추락사고는 기억하기 싫은 삶의 커다란 상처로 남았다. 살아온 삶 중에 최고의 잘못된 아쉬움이었고, 다시는 생각하고 싶지 않은 눈물의 산행이었다고 회자시킬 수밖에는 없다.

사람이 삶을 살아가면서 삶이 꼬이려면 이렇게도 꼬이는 구나. 그때의 상황이었다. 산행 중에는 늘 안전에 우선을 두고 무리하지를 않고서 조심 조심의 행동을 하는 바보 아빠이었기에 더욱 슬프기만 하였다. 그림그리기에 눈이 먼 작은 욕심이 화를 만들어 주었다.

운명의 장난이라고 하기에는 그 아픈 기억의 상처는 너무나도 가혹한 큰 벌이었다.

결론적으로 삶이 꼬이려니, 바다의 풍랑으로 울릉도와 독도 탐방계획이 한주 연기가 되었고, 그 틈새를 놓치지 않으려고 무리하게 산행계획을 잡은 것이 첫 번째 화근이었다.

두 번째는 하산 중에 길을 잘못 들었다고 하여, 역산행을 하지 말고, 그냥 정상적으로 하산을 진행하였더라면 하는 큰 아쉬움도 가득하였다. 그길로 내려오면 더 가까워 시간도 절약할 수 있었을 텐데 하는 못내 아쉬운 부분이었다.

세 번째는 놓치기 아깝다고 하여 그 풍경을 담아내기 위해 무리하게 행동한 것이 결국은 바보 아빠를 처참하게 만들어 버리었고, 돌이킬 수 없는 후회막급의 산행으로 기록되었다.

이로 인하여 아내 수네 여사와 아이들 셋에게는 경험해서는 안 되는 너무나도 어두운 큰 고통을 준 것으로 모두에게 죄스럽고 미안한 마음만 가득 쌓아 놓고 있었다.

그날 긴급으로 출동하여 병원까지 안전하게 후송을 시키어 주신 119구조대와 응급헬기 구조대의 관계관 여러분에게 바보 아빠의 온기를 배달해 주고 있었다. 덕분에 살았습니다.

다시 한번, 새 생명으로의 삶의 기회를 주신 바보의 아내 수네 여사와 아이들(지혜, 지환, 지원), 그리고 수많은 여러 친구와 친척, 지인 등 모든 분께 머리를 숙이어 고맙고, 감사함을 전하고 있었다. 건강을 회복하여 꼭 보답하리라고 다짐도 해두고 있었다.

　그리고 처참한 삶과 죽음의 기로에서 살기 위한 몸부림으로 저승사자와 싸우는 생명선 전투의 기나긴 고통과 고난의 여정은 말없이 시작되고 있었다.

I7. 효심과 우정이 만들어 낸 기적의 선물

가. 초라한 삶의 흔적과 죽음의 기로에 서다.

어느덧 계절이 바뀌고 가을 지나 또 다른 겨울이 왔다.

2015.9.12일 그 이후의 일은 어떻게 되었는지 아무런 기억이 없고, 알 수도 없다.

분명, 그날 오후는 산 중턱에 앉아 배를 움켜쥐고 맥이 없는 축 처진 모습이었다. 그 모습은 많이도 초췌한 초라함이었다. 그리고 잠시 정신이 돌아왔다.

나뭇가지 가득한 숲속에 앉아 웅크리고 있었다. 그 시간만큼은 정신은 또렷하고, 머리에서 피를 흘린 흔적과 119가 출동한 긴급 의료와 헬기 요청, 하산길 등산객에 의한 헬기 유도의 긴박한 순간들이었다. 자동차 키를 동료에게 인계할 정도이었으니 알 만도 하다.

머리 위로는 헬기(UH-1H)가 도착하고, 구조대원 한 명이 로프를 타고 하강을 하는 모습을 보고 있었다. 이어진 재빠른 움직임으로 바보 아빠를 부둥켜안았고, 수신호에 의해 나무숲을 뚫고는 하늘로 솟아올라 헬기에 안착하였다. 구조 헬기는 신속하게 하늘을 날아 마산 소재 삼성병원 옥상의 헬기장에 도착하였다. 발 빠른 움직이었고, 007작전을 방불케 하는 빠른 움직임이었다.

간호사들의 부축을 받아 신속하게 응급실로 이동은 하여지고, 각종 검사(MRI/CT)와 함께 치료는 시작되었다.

이내 정신은 혼미해지고 기억이 없었다. 긴 시간이 흘러 또 다시 정신은 돌아오고, 눈을 뜨니 바보 아빠의 아내 수네 여사와 지혜와 지환이, 막내 지원이까지 그리고, 큰딸 친구인 다혜와 영선이의 모습이 보이었다. 얼마나 울었는지 고통의 흔적들이 얼굴에 가득하였다.

사고 당시에 다행히 피를 흘리었고, 신속한 응급처치가 이루어져서 찰나의 위급한 순간의 위기는 모면하고, 숨은 쉬고 있었다. 생명의 등불은 꺼지지 않았다.

그러나 치료한 의료진의 시술 결과는 등골이 오싹함으로 무섭기만한 결과였다. 하반신이 마비된다는 청천벽력 같은 말에 아내 수네 여사와 아이들 셋은 모두가 충격에 흔들리며 휘청이었다. 고난의 시작이다.

이후, 직장에도 긴급으로 보고는 이루어지고, 일요일 아침 동료 지휘관이 상황 파악하고자 도착하였다. 상황 보고 등 부단하게 움직이는 모습이 눈에 선하게 들어왔다. 발목을 잡는 것은 위수지역 이탈이니, 아무런 할 말도 없었다. 순창이나 잘 지키고 있어야 했다.

중환자실에서의 응급치료는 계속되었으나, 마산 삼성병원에서는 현 상태에서는 더 이상 치료할 것은 없고, 허리 수술만 잘하면 된다고 각종 검사와 의사 진단의 최종결론을 주고 있었다. 그때까지는 불구가 되더라도 죽지는 않고 살 수 있다는 희망은 있었다.

나. 007 이송 작전과 살기 위한 몸부림의 시작

긴 시간 의료진과 치료에 대한 이야기를 나눈 후, 일산의 보금자리가 있는 주변의 인제대학교 백병원으로 이송은 결정되었다.

이동 전 몸의 상태를 최종적으로 점검도 끝내고 응급차에 실리었다. 응급 차량의 신호와 함께 어둠의 고속도로를 달리었다. 자정이 넘는 시간이 되어, 일산 백병원 응급실에 도착하였다.

백병원 응급실에 도착하였을 때까지만 하여도 의식은 있었다. 말도하고, 심한 통증이 있어 고통스러움도 호소하였다. 그리고 이내 의식은 없어지고, 모든 기억은 사라져 아무것도 남아 있지 않다.

아내 수네 여사의 말에 따르면 그 시간 이후 백병원에서도 살리기 위한 대규모 수술을 시행은 하였으나, 이미 여러 곳의 장기에서는 출혈이 심각하여 살릴 수 있는 희망은 적어 의사도 자신이 없다고 하였단다.

바보 아빠를 살리기 위해 일산 소재 동국대학교 병원에 긴급 상황으로 연락이 이루어지고 있었다. 살 수 있는 기회가 주어지는 것이었을까. 다행히도 수술에 대한 자신감을 표명해주었고, 동국대 병원으로 응급 이송이 되었다. 그리고 동국대 병원에서 출혈이 있는 여러 곳의 장기를 찾아내어, 길고 긴 시간의 대수술을 하는 진료는 시작되었다,

위의 상황에 대해 연락을 받은 고양 동기생들은 추석 연휴 기간으로 고향길에 나섰으나, 가던 길 멈추고 돌아와 병원으로 역이동을 하고, 수술 시간 내내 자리를 지키며, 아내 수네 여사와 아이들 셋을 위로하면서 수술이 잘 되기만을 기도하고 있었다는 말을 전해주고 있었다. 고마운 친구들이다.

특히, 몇 몇의 친구들은 하루도 거르지를 않고, 매일 그 자리를 지키며 응원을 해주었다. 그러나, 여러 장기에서 출혈은 계속 발견되고, 수술이 잘 되어도 생존 확률은 20%밖에는 안 된다고 하였다. 포기하고 장례 준비를 하라고 여러 번 말을 하였다는 의사들의 말을 후일담으로 바보 아빠는 듣고 있었다. 아내 수네 여사와 아이들은 얼마나 놀랍고 고통스러웠을까? 하고 짐작은 되는 대목이다.

산악사고 추락 발생 시 환자 대부분은 1년 이내에 사망한다고 하였다. 이유는 뱃속의 장기 출혈이 많은데, 어디에서 피가 나는지를 알 수가 없고, 그곳을 찾지 못하기 때문에 그런다고 한다.

이제는 수혈이 필요하였다. 장기에서 복합적인 출혈이 심하게 발생하다 보니, 많은 양의 피가 필요하였다. 수급이 제한되고, 비용도 많이 들었다. 온 가족이 백방으로 연락하고 호소하며 뛰었다.

큰딸 지혜는 사법연수원 동기들에게, 아들은 현역 군 복무 시절에 근무하였던 부대와 학교 친구들에게, 늦둥이 딸도 학교 친구들에게 호소하였다. 헌혈증 확보에 온 가족이 총력으로 나선 것이다. 약 500여 장의 헌혈증을 긴급으로 확보하여 수혈을 받을 수가 있었다고 하였다.

다. 바보 아빠를 살리기 위한 가족과 동기들의 헌신

이 절박한 절체절명의 생사를 넘나드는 어렵고 긴박한 시기에 고양과 서울에 거주하는 ROTC 동기생들이 이번에는 발

벗고 나섰다. 바보 아빠의 상태를 널리 알리어 치료하고 살릴 수 있는 병원을 찾기 위한 가용한 인맥이 총동원 되어 수소문하고 있었다.

이내 수 명의 동기들의 노력으로 연세대학교 신촌 세브란스 병원에서 입원과 수술을 받아주기로 하였다는 소식이었다. 또 다시 긴급으로 이송되었다. 그 당시 동국대 병원 측은 신촌 세브란스에서도 받아주지 않으니, 포기하고 가지 말라고 하였단다. 그냥 죽으라는 이야기이다.

수명의 동기생들과 세브란스에 근무하는 선배님, 주치의 및 간호사 등의 커다란 공으로 바보 아빠는 살 수 있었다. 그 고마움은 살아 숨 쉬는 동안 고이 간직하며, 은혜에 꼭 보답하고 살아야겠다는 생각으로 저장되었다.

라. 삶과 죽음의 생명선 전투가 시작되었다

그 후, 바보 아빠는 신촌세브란스 중환자실(C동, 중증외상환자)에 입원하게 되었고, 오랜 기간을 입원 치료하면서 생사를 넘나드는 길고도 질긴 생명선을 넘지 않기 위한 저승사자와의 전투를 치열하게 하였다.

바보 아빠는 한동안 정신도 기억도 없었다. 자신이 현재가 어떠한 상태인지도 모르고 섬망증상에 빨려들었고, 오랜 시간이 흘러 의식이 돌아오고 정신의 상태가 조금 회복이 되어 확인해보니, 모든 것이 허망한 꿈이었다는 것을 바보 아빠만 아는 사실이 되었다.

가히, 상상 초월이었다. 생명을 담보로 희극화 알 수 없는 코미디였다. 깨어난 다음의 어느 날에 간호사 등 꿈속의 상대와 이야기를 나누니, '네, 네'를 하면서도 고개를 기우뚱하였다. 모른다는 표현이었다. '이 아저씨가 미쳤나'로 이상하다는 것이다.

병원에서의 치료는 모두에게 고통이었고, 긴 아픔이었다. 시간이 흐르고 흐르면 치료한 만큼의 호전되는 뭔가가 분명 있어야 하였다. 오락가락 들쭉날쭉 예측하기가 곤란한 힘들었던 숨 막히는 상황이 계속 전개되었다.

몸의 급소로부터 정중앙 배꼽 아래 10cm까지를 복개하고, 위 전체와 소장의 일부(2.0m)를 절단하고 나서는 나머지 장기의 구석구석을 뒤지며 상처를 찾고 치료하기를 반복하였다.

그때 정성을 다해주신 주치의 정명재 선생님과 수많은 간호사의 치료는 끝까지 포기하지 않고 계속되었다.

입원 기간 중에 수차례나 각종 수치가 정상보다 낮게 하락하면서, 여러 차례 살리기 위한 노력은 포기를 선택하였다. 그리고 장례 준비를 하라는 주치의의 말씀에 아내 수네 여사와 아이들 셋은 얼마나 슬프고 고통스러운 시간이었을까? 짐작할 수가 있다.

배를 개복한 후, 배 안의 모든 장기를 확인하였을 텐데, 어느 장기에서도 암세포는 발견되지 않았다고 하였다. 사는 동안 내내 걱정을 많이도 하면서 살아왔었기 때문이다.

어느 순간이 되면, 각종 수치의 상태는 정지상태로 떨어지면서 주치의께서는 "다시 준비해야 하겠습니다."라고 말이 떨어지기가 무섭게, 바보 아빠는 언제 그랬냐는 듯이 다시 정상으로 작동을 시작하였다. 모든 수치는 회복이 되었다. 참으로 신기한 일이 아닐 수 없다.

마. 기적이 꿈틀대고 있었다

마산 삼성병원에서의 초기진단은 많은 아쉬움이었다. 분명 잘못되었다. 척추 수술의 문제는 다행히도 척추를 감싸고 있는 막이 터지지를 않아 수술 없이 붙어 있었다. 기적이 일어나고 있었다. 하반신 불구의 근심 걱정이 한순간에 살아났고, 이는 천운이었다.

사고 이후, 병원에 입원한 기간에 아내 수네 여사와 아들 셋은 바보 아빠를 살려내기 위한 눈물겨운 간호의 삶과 투병은 시작이었다.

큰딸 지혜는 사법연수원 2년 차로 판사, 검사, 변호사의 실무 실습기간이었다. 아들 지환이는 대학 4학년 2학기, 둘째 딸 지원이도 대학 마지막 학기로 다들 중요한 시기이었다.

아내 수네 여사는 토지를 구입한 후, 터다지기를 마치고 본격적인 공사의 시작을 앞두고 있었다.

이러한 어려운 상황의 여건에서 아들 지환이는 언제 끝날지 모를 바보 아빠의 기나긴 병의 간호를 위해 학교를 휴학하고, 본격적으로 병원에서 숙식하면서 아빠 살리기에 전념이었다. 그것이 언제 붙어 닥칠지도 모를 위험한 상황이 오지 않기를 바라면서 간호에 몰두한 것이다.

하루 2번의 면회 시간에는 팔과 다리의 운동을 시키고, 지치고 허약해진 바보 아빠의 몸을 닦아내며 안녕을 기원하였다. 잠은 보호자 대기실의 소파에 의지하며 새우잠으로 청하기를 반복하고, 부실한 음식을 섭취하면서 힘든 생활은 계속 이어지고 있었다.

또한, 병원에 입원하고 있는 동안의 전국 각지의 친구와 동기, 동문 신후배, 부대, 지인, 친지 등이 매일 방문하였고, 살아주기를 기도하며 응원해주었다.

모두가 바보 아빠를 직접 보고 면회를 하겠다고 하였으나, 중환자실에 있는 관계로 하여 어려움은 무척이나 많았다. 짧은 20분의 면회 시간이 되어도 한 명밖에는 할 수가 없었다. 안녕과 쾌유를 바라며 달려왔는데, 얼굴도 못 보고 돌아서야만 한 것이다.

이 자리를 빌려 다시 한번 모두에게 고마움을 전하고 싶다. 이후, 어느 날 회복실로 이동한 후에는 면회가 너무 많아 바보 아빠의 정보를 보안 처리하고, 통제할 수밖에는 없었다고 전하고 있었다.

중환자실에서의 병간호는 그래도 수월하였다. 왜냐하면, 면회 시간(약 20분)에만 얼굴을 보고 대화는 말을 할 수 없었으니, 메모로 의사소통하는 횟수가 많았다고 하였다. 운동시키는 게 전부이었다.

바. 찰나의 순간에 위기는 다시 찾아오다

잠시 상태가 호전되어 회복기에 들어간 일반실에서의 병간호는 가족 모두가 정말 고생한 시간이었다. 대변과 소변, 침구 관리, 환자 관리 등 모두를 가족이 다 해야 하였다.

아내 수네 여사와 아이들 셋이서 2명 한 조가 되어 간호하고 소파에 기대어 쪽잠을 자는 날이 한두 번이 아니었다. 바보 아빠의 눈으로 보고 듣고 느껴 보아도 각자의 삶을 포기하며 쉽지 않은 일이다. 바보 아빠네의 자랑스러운 가족들이 너무나도 고생을 많이 해주었고, 수고 한 것이다. 잘만하면 퇴원의 기쁨도 목전에 두고 있었다.

시간은 계속 흐르고 있었다. 계절도 바뀌고 해가 바뀐 2016년 1월 2일, 이른 아침 시간이었다. 바보 아빠에게는 다시금 최대의 위기가 찾아왔다.

온몸에 칼을 데고, 구멍을 뚫고 검사와 치료가 계속적으로 반복되면서 퇴원을 할 수 있다는 희망 속에 상태는 호전되었다. 이내 성탄절 전에는 일반실로 올라가 아내 수네 여사와 아이들 셋의 도움을 받아 가면서, 운동과 치료를 반복하고, 매시간 호스를 이용하여 목과 폐에 가득 찬 가래를 제거하는 일이 일상의 반복이었다.

그리고 1월 2일 결혼기념일의 아침(07:00경)은 그렇게 조용히 흘러가고, 편안히 누워있었다. 순간 담당 간호사의 가래 제거의 의무를 소홀히 하였나 보였다. 가래가 기도를 막아 심장은 멈추고 있었다. 긴박하고 절박한 위기의 상황이다.

갑작스러운 돌발 상황으로 병실에는 비상이 걸리었고, 심폐소생술과 전기충격이 동시에 가해지고 있었다. 아이들 셋은 금세 눈물과 콧물을 다 흘리며 통곡의 하루는 시작되었다.

환자인 바보 아빠는 그것이 죽음인지도 모르고 편하게 잠들고 있었다고 한다.

결국 지성이면 감천이었다. 아내 수네 여사와 아이들 셋의 바보 아빠를 위한 큰 정성과 사랑의 마음이 통하였을까.

긴 시간의 고요와 침묵이 흐른 뒤에 잠에서 깨어나듯 바보 아빠는 부스스 눈을 뜨고 있었다. 이후, 그날의 담당이었던 인턴은 자리를 지키면서 계속해서 가래를 제거하고 있었다. 인턴도 긴 한숨을 내 쉴 수가 있었을 것이다.

사. 퇴원의 꿈은 사라지고, 다시 중환자실

시간이 흐른 후, 바보 아빠는 기다렸던 퇴원의 꿈은 다시 강을 건너가고 있었다. 중환자실로 직행이었다.

중환자실에 갇히어 기나긴 투병의 싸움은 다시 시작되었다. 끝이 보이질 않았다. 그리고 이어진 고통의 날은 쉼 없이 지속되었다. 특히, 심정지 후의 심장 기능 회복을 위한 처방과 훈련은 인고의 시간이 아닐 수 없는 큰 슬픔이었다.

한 달여의 긴 시간이 흐른 뒤의 어느 날이다. 어렵게 중환자실에서 일반실(1인실)로 이동하는 기회가 찾아왔다. 본격적으로 퇴원을 위한 재활훈련과 걷기운동의 시작이다.

또다시 심정지의 전철을 밟지 않기 위하여 아내 수네 여사와 아이들 셋 모두가 가래를 제거하는 방법을 습득하고 숙달하였다. 이제부터는 담당 간호사에게 의존하지를 않고 수시로 직접 시행하고 있었다. 가족들 모두가 기특도 하였다. 참으로 대단한 바보 아빠의 가족이었다.

자. 바보 아빠에게 해맑은 봄날은 찾아오고

그 결과 꽃 피는 봄은 찾아왔다. 주삿바늘이 하나둘 빠지면서 퇴원 일정(2016.4.12)은 잡히고 있었다.

어느 날이었다. 일반실로 이동한 후에는 몸의 상태가 조금씩 좋아지니, 하루 3끼 급식이 시작되었다. 얼마 만에 보는 음식이던가. 그 순간, 폭식의 욕구가 발동되고 있었다. 밥과 반찬, 국물까지 남김없이 깔끔하게 비우는 꿀맛의 퇴원 전 병원 생활이 시작되었다. 먹을 것을 가리지 말고, 먹고 싶은 욕구는 아무거나 맛있게 많이 먹으라는 주치의 말대로 신이 났다.

환타와 콜라, 순대, 떡볶이, 자장면, 짬뽕의 맛은 좋았다. 사과를 수저로 긁어 먹여주는 아내 수네 여사였다.

혼자서는 한 걸음도 움직일 수가 없는 부자연스러운 몸은 아이들의 정성도 한몫을 단단히 하였다. 부축을 받아 일어서고, 앉으며 볼일을 봐야만 하였다.

그렇게 길고 길었던 아픔과 고통스러운 고난의 숨을 죽이면서 바쁘게 달려야만 하였던 지난 세월을 뒤로하고, 아내 수네 여사와 아이들 셋은 다 함께 웃음꽃을 피워내며 보금자리로 올 수가 있었다.

차. 최가네와 바보 아빠는 죽지 않고 살아 숨 쉬고 있다

죽고 사느냐의 소중한 생명의 위협을 감내하였다. 오랜 시간을 보고 느끼면서 중환자실에 입원하여 치료를 받고 퇴원하게 된 시점에서 바보 아빠의 몸 상태는 거울을 들고 쳐다보니 갑갑하기도 한 기적이었다. 신체의 얼굴과 전신, 손과 발 등 장애 없이 살아 숨 쉬고 있는 것이 분명 신기루이었다. 상상을 뛰어넘는 생각할 수가 없는 바보 아빠만이 해낸 삶의 기적이다.

　현재로 돌아와 삶을 돌아다보니, 산행 중에 추락사로 죽지를 않고 살아있는 사람은 바보 아빠가 전부인 것을 인터넷 뉴스를 보면서 알았다.

　그런 기적을 일군 데에는 바보 아빠네의 아이들이었다. 사법연수원과 대학을 졸업하고 취직하는 중요한 시기에 모든 것을 포기하고 병간호에 전념하여 주었다. '바보 아빠 때문에 아이들이 고통을 받고 있구나' 하는 생각으로 자괴감도 찾아왔다.

　취업을 위해 병간호를 하면서도 자기소개서를 작성하고 공부하는 아이들을 보며, 마음은 너무 아팠다. 또한, 보금자리를 짓느라고 동분서주하며 고생한 아내 수네 여사에게도 미안한 마음만 한가득 밀려오고 있었다.

　듬직한 청년 아들의 등에 업히어 3층까지 단숨에 올라왔고, 다시 긴 재활의 고통과 치유를 위한 고난의 힘겨운 삶은 기다리고 있었다.

　퇴원한 어느 날이었다. 핸드폰의 가족밴드를 열어보니, 아내 수네 여사와 큰딸 최지혜 변호사가 남긴 글이 있었다. 병간호하면서 바보 아빠에게 힘과 용기와 사랑의 희망을 애잔하게 들려주었다. 소중하게 간직해야만 하는 글들이 되어 숨을 쉬고 있었다.

아내 수네 여사의 글(2015.9.17.(목). 03:13)

　사랑하는 여보^♡^

빨리 힘내줘 고마워요. 당신이 아이들에게 얼마나 소중한 존재인지 없어서는 안 되는 존재인지, 새삼 뼈저리게 느끼게 되었네요.

당신을 세상 무엇보다 소중하게 생각하는 아이들, 자신의 소원을 주저하지 않고, 당신의 쾌유와 바꾸는 자식들, 아빠의 건강을 위해 주저하지 않고 휴학하는 자식

당신은 세상에 젤 소중한 아빠이고, 제일 행복한 아빠이네요.

당신 곁에 당신을 사랑하는 자식이 셋이나 있고, 또 나도 있네요.

우린 당신을 한없이 사랑합니다.

이 세상 무엇과도 바꿀 수 없는 소중한 사람입니다.

힘내 하루라도 빠른 시간에 우리와 함께해주세요.

　　　　　　　　　　　　　　　 - 당신을 사랑하는 아내가

큰딸 최지혜 변호사가 바보 아빠에게(2015.9.18.(금). 01:28)

아빠가 쉬고 있는 밴드는 이렇게나 조용하구나! 아빠가 밴드에 글을 안 올린 지도 일주일이 되어가네. 아빠 그동안 가족밴드도 만들어 주고, 좋은 글 공유도 많이 해주고 고마워~.

익숙함에 젖어서 소중함을 잊고 살았나 봐. 어서 아빠가 밴드에 오늘의 간추린 뉴스도 올려주면 좋겠다.

아내 수네 여사의 글 (2015.9.22.(화).06:16)

당신에 빈 자리는 10일이란 시간이 속절없이 흘렀고, 항상

웃어주던 당신이 힘들어하고 아파하는 모습을 보니, 집에 오는 것도 걷는 것도 잠을 청하는 것, 어느 것 하나 편함이 없네요.

사랑하는 여보~ 힘내세요. 빨리 나아 집에 와야지요. 같이 웃고 맛있는 것 사 먹으러 다니고, 여행가고, 이런 시간들 평범했던 시간이 그립네요.

우리 모두는 당신의 퇴원을 애타게 기원합니다.

사랑해요^♡^

큰딸 최지혜 변호사가 바보 아빠에게(2015.10.20.(화).10:03)

우리 아빠 화이팅

아빠! 오늘부터 물 마시기 시작.

쇄골 정맥에 연결되어 있던 왼쪽 목줄 없앰(20:45)

맥박도 좋음.

어제 잠을 못 자서 수면 안정제를 입으로 드시고 주무시는 중(21:15)

아자아자~

큰딸 최지혜 변호사가 바보 아빠에게(2015.10.21.(수).10:21)

우리 아빠 화이팅2

아빠!

오늘도 소중한 친구들 다녀가심.

오늘은 열이 조금 있어서 해열제 드심.(21:30쯤)

맥박 좋음.

국장님께 감사하다고 문자 보냈더니 항상 지켜보고 있습니다.

"정말로 축배 하는 날을 기대하고 있습니다~~^^."

라고 답장이 옴.

내일은 더 건강해지길, 아빠 고마워♡♡♡♡♡

큰딸 최지혜 변호사가 바보 아빠에게(2015.10.22.(목).10:59)

우리 아빠 화이팅3

열이 38.1도라서 해열제 드시고 주무심 (21:00)

초등학교 친구들이 우르르 와서 정신을 쏙 빼놓고 가셨어여 ㅋㅋㅋ

아빠! 살아줘서 고마워!!

바보 아빠에게 보낸 아내 수네 여사의 글(2015.11.07:토,10:23)

이젠 완연한 가을, 가을비는 추적추적 내리고, 당신이 중환자실에 간 지도 두 달이 되어 가지만, 우린 당신이 일반실로 가고 바로 회복될 거라고 함께 웃으면서 지난 힘든 시간을 가볍게 이야기하게 될 거라 믿어요.

여보!

지금은 숨쉬기도 기침도 힘들겠지만, 이제껏 잘 견디어 왔듯, 남은 시간도 잘 이겨내요.

일반실에 가서 같이 웃을 수 있도록, 우리집 가서 함께 할 수 있도록 예전같이 행복한 날들을 위해 힘들지만, 최선을 다해 이겨줘요.

당신은 우리 지혜, 지환, 지원, 그리고 내가 있잖아요.

외로워하지 마시고, 끈 놓지 마시고, 무서워하지 말아요.

여보! 당신은 이 세상 무엇과도 바꿀 수 없는 소중한 사람이에요.

사랑해요.

사랑해요.

사랑해요.

바보 아빠네 가족의 큰 힘과 용기, 사랑으로 어렵고 힘들었던 길고 긴 고난과 고통, 섬망(譫妄) 등의 위험을 뒤로하고, 절대 포기하지 않는 강인한 정신과 체력, 가족 사랑과 친구들의 우정, 친척과 지인들의 큰 정성과 도움으로 바보 아빠는 살 수가 있었고, 살아있었다.

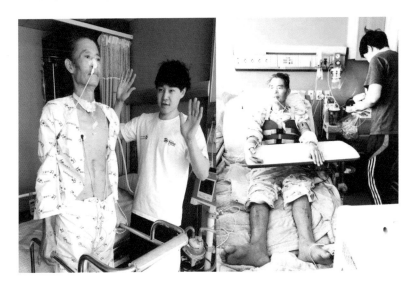

18. 삶의 갈림길에 선 재활과 치유의 꿈

가. 초라한 나의 모습은 앙상한 가지이다.

삶 속에 생명의 위협을 느끼며, 약 7개월여의 오랜 시간을 중환자실과 일반병실에 입원하여 치료를 받고 퇴원하게 된 시점에서 바보 아빠의 몸 상태를 보았다. 알 수가 없는 기적이다. 얼굴과 머리, 손과 발, 발가벗겨진 가느다란 알몸까지 그 어디에도 큰 장애 없이 신체는 멀쩡하다.

막상 퇴원은 하였으나 모든 것이 쉽지 않았다.

너무 오랫동안 중환자실의 신세를 지고, 장기를 절단하며 쏟은 피가 너무도 많았기에 몸은 지칠 대로 지치고 피폐하여 있었다. 50kg도 안 나가는 몸과 근육들은 모두가 사라지고, 앙상하게 뼈만 튀어나와 흉한 몰골이었다.

처량하고, 처참한 바보 아빠의 보여준 몰골이었고, 쳐다보면 눈물을 글썽이어야만 하는 슬픈 자화상 그대로이다.

밥 한 끼 제대로 못 먹고, 약물에 의존한 몸은 허약해져 있었기에 몸뚱어리 하나도 가누기 힘든 흉물스러운 바보 아빠의 모습이었다. 미래가 불투명한 암울한 삶이다.

그래도 이만한 게 큰 다행이다. 사고 전 평소의 체력을 다져 놓지를 않고, 강한 정신력이 없었더라면 바보 아빠 스스로도 일찍 포기를 하였을 것 같은 느낌이었다. 라고 깊은 한숨을 몰아쉴 수밖에는 없었다. 남몰래 이불을 뒤집어쓰고 피눈물을 흘리는 시간도 많았다. 하늘에 계신 어머니가 많이도 그리워지고 있었다.

나. 고난의 극복, 재활과 치유의 시작

슬픈 눈물을 흘려야만 하는 재활과 치유는 동시에 진행되었다. 병원 생활보다 퇴원 이후의 삶은 역시나 고통의 연속이다.

산소공급과 기타 치료를 위하여 목에 뚫어 놓은 구멍은 붙지를 않고 있었고, 등과 엉덩이의 커다란 흔적의 욕창 치료는 아주 오랜 시간 바보 아빠를 지치도록 만들었다. 재활치료 중에 왼쪽 무릎은 겹질려지고, 피는 뭉치어 있었다. 주삿바늘로 뽑아내기를 수차례나 계속 이었다.

엎친 데 덮친 격으로 특수목적의 재활 치료(도수 치료)중에는 우측 골반의 근육이 뭉친 후의 찾아온 참아내기 힘든 심한 통증과 발가락 끝까지 혈액순환이 이루어지지 않으니, 고통은 계속이었다. 질긴 아픔이고, 고통으로 고난의 삶이 되었다.

아리고, 시리고 쓰라린 고통 등은 마약성 진통제를 복용한 후에야 겨우 잠잠해지고, 잠을 청할 수 있을 정도로 고통의 순간은 반복되었다. 스스로 참기 힘든 삶의 한계를 느끼게 하며, 여러 번 삶의 포기라는 단어가 바보 아빠를 짓누르며 괴롭히고 있었다.

퇴원한 이후, 신촌 세브란스의 중증 외과와 심장내과에 통원치료를 하면서 내복약을 처방받아 복용하였고, 보금자리 근처의 재활병원에서 특수재활치료를 병행하여 가며, 포기 없는 집념으로 아픔과의 싸움은 계속 진행형이었다.

기력회복과 살을 찌우기 위해 환우의 몸에 좋다는 음식은 무엇이든 구입해 먹으면서 오직 건강회복과 쾌유를 위해서만 진력하였다. 다른 그 어떤 것도, 뒤돌아볼 마음과 힘도 아무런 여유는 없었고, 찾을 수 도 없는 진한 고통이었다.

또한, 보금자리 주변의 하나로 마트를 찾아 물건을 담는 카트를 밀고 다니면서 걷기운동은 쉼 없이 이어지고 있었다. 동네 소공원을 찾아 그곳에 설치된 운동기구를 이용해 굳은 몸을 풀고 원기회복과 체력향상을 위해 전념하는 것이 일상이었다.

장기간 중환자실의 입원은 열 손가락도 굳어있었다. 손을 펴거나 주먹을 쥘 수가 없었다. 이를 치유해 준 것이 설거지이었다. 현재는 설거지의 달인이 되었다. 세제를 풀어 따뜻한 물로 그릇을 씻으며, 손을 움직이는 운동은 치유를 위한 효과과 만점의 재활이었다.

다. 몸이 치유되는 좋은 느낌의 홀로서기

바야흐로 시간은 흐르고 있었다. 몸의 상태는 조금씩 회복되는 신호가 감지되었다. 퇴원 당시에 가누지도 못한 몸은 아내 수네 여사와 아이들 셋의 큰 도움과 희생으로 홀로서기를 시작하는 단계까지 이르렀다. 장족의 획기적인 발전이고, 또하나의 기적이 시작되고 있었다.

홀로서기가 시작되고, 이내 휠체어 등 보조기구는 자취를 감추었다. 이제는 지팡이 등에 의존하는 기회까지 이루어지고, 눈물이 흐르는 박수를 바보 아빠는 받고 있었다.

어느 날부터는 부자연스럽지만, 혼자서 걸을 수 있게 되는 단계까지 발전되었다. 중증외과와 심장내과의 마지막 종합검사의 날(11.12)에는 당당하게 걸어 나서고, 주치의와 간호사로부터 함박 미소가 가득 담긴 기쁨의 박수를 받았다. 대단한 바보 아빠이었고, 아내 수네 여사와 최가네의 사람이다. 피검사와 초음파, X-레이 등 제반 검사 결과는 건강한 일반 남성과 똑같은 수치의 정상 판정이 나왔다.

알고 보니 사고 전에는 좋지 않았던 혈압과 혈당수치까지도 정상으로 돌아와 있었다. 눈의 건강도 좋아지고 있었다. 새로 맞춘 안경도 쓸 필요가 없는 상황으로까지 발전이 되었다.

머리카락의 수까지도 많아지는 행운의 남자 바보 아빠로 탈바꿈 중이었다. 외로운 고니 한 마리가 떠올려지며 묵묵히 주먹을 꼭 쥐어 힘을 생산해 내고 있었다.

라. 주치의와 간호사는 바보 아빠를 살린 천사

각종 검사와 통원치료가 끝난 후에는 주치의의 동의를 얻어, 약 6개월 동안의 생사를 넘나들던 그곳 중환자실을 찾아갈 수가 있었다. 정성으로 간호해 준 간호사들에게 고마움과 감사함의 인사를 드리고 싶었던 사랑의 마음이었다.

굳게 닫힌 중환자실의 문은 열리었다. 그 순간, 근무 중이던 10여 명의 간호사가 몰려와 깜짝 놀라고 있었다. 눈물을 흘리고, 눈시울을 붉히는 기이한 현상의 연출이다. 작은 물결이 출렁이는 감동이었다.

어려운 생과 사를 넘나드는 긴박하고 절박한 시기에 정성을 다하여 간호해 준 간호사들에게 고맙고 미안한 마음이 가득히 전달되는 순간이었다.

새롭게 입법화된 김영란 법으로 인하여 맛있는 것을 사드리고 싶었으나, 빈손으로 다녀올 수밖에는 없었다. 아쉽고 미안한 마음만 가득히 남고 있었고, 그분들의 마음은 오래도록 기억시키면서 꺼내어 보겠다고 다짐도 해두고 있었다.

마. 기적의 힘은 가족과 친구(동기), 친척과 지인들

이런 상황에서 더 이상 어찌하겠는가?

아내 수네 여사와 아이들 셋의 정성과 사랑, 동기생과 친구들의 끔찍한 우정으로 저승에 갔어야 할 바보 아빠는 기적으로 새 생명을 얻었다.

정말 가족과 친구, 부대, 친지와 지인 등 바보 아빠를 위해 찾아주고, 큰마음의 지원, 배려로 힘과 용기를 주면서 기도해 주신 데 대하여 무안한 고마움과 감사함을 전하고 있었다.

그 정성과 사랑에 보답하는 길은 '온갖 고통을 감내하며, 꼭 재활에 성공하여 본 모습을 찾아 보여주는 것이다.'라는 생각이다.

고통스럽지만, 재활의 치료와 운동을 게을리하지 않았고, 힘을 내어 열심히 노력하여 회복하는 방법 이외에는 아무것도 없다는 것을 알고, 다시 뚜벅이가 되어 길을 걷고 있다.

다시 한번, 극복하기 힘든 어려운 여건 속에서 보금자리를 완벽하게 지어주었고, 혼을 다해 내조해 준 아내 수네 여사는 어렵고 힘들었던 난관들을 잘 극복하고 새로운 삶을 위한 도전은 계속하고 있다.

할 수 없는, 다시는 하여서는 안 될 긴 시간의 병간호를 지혜와 슬기를 모아 해내어 준 바보 아빠의 자랑스러운 아이들 셋에게도 정성과 사랑의 마음이 가득 담긴 아름다운 웃음꽃으로 큰 박수를 주고 있다.

바. 눈부신 햇살은 바보 아빠를 찾아왔다.

어느덧, 시간은 다시 유수와 같이 흐르고 계절은 바뀌고 있었다. 사고 난 날이 지나가고 시국도 어려운데, 한파까지 몰아치고 있는 현재의 위치에서 완전한 모습은 아니지만, 이제는 살도 조금씩 붙고 있었다. 얼굴에는 혈색도 돌아와 미소가 날아와 놀다 갈 정도로 좋아진 것이다.

아직은 살과 근육이 모자라니 힘은 부족하였지만, 이제는 계단도 오르내리고, 부자연스럽지만 걸을 수가 있다는 것이 다행이고, 행복이 아닌가도 싶은 생각이다.

오랜 시간의 재활과 치유이기에 잘 챙겨서 먹고 몸에는 토실토실 살도 찌우면서, 스포츠 센터에도 빠지지 않고 다니면서, 이 고통의 순간을 반드시 이겨내야만 하였다.

이는 새 생명을 주고 쾌유를 기원해 준 바보 아빠를 아는 모든 사람에게도 보답하는 마음이 전부이었다. 아지랑이 너울거리는 어느 봄날에는 완전한 모습을 보여 드리자고, 뼈를 깎는 아픔과 고통은 이를 악물고 반복하여 노력하겠노라고 희망을 노래하는 것이다.

사. 고맙고, 감사함으로 새로운 삶의 희망을 보다

어느 날에는 지팡이를 짚고 첫 외출 시에 아내 수네 여사의 해맑은 미소를 보니, 기쁘면서도 짠하였다. 사랑하는 아내 수네 여사와 이이들에게 너무도 큰 고통을 안겨주었기 때문이다.

내 가족과 친구, 친지, 부대, 지인, 동문 선후배 등 모두에게 기나긴 병원 생활 동안 직접 방문(병원 / 보금자리)과 전화와 SNS, 몸에 좋은 식재료와 완성품 등 물심양면으로 도움을 주고, 응원과 격려를 해준 데 대하여 진심으로 머리 숙여 고맙고, 감사함을 전하고 있었다.

이후, 다시 힘을 얻고 용기를 내기 시작하였다. 그 옛날의 모습으로 몸이 완전하게 회복되어 지면 동행해 주고, 기적으로 새 생명을 얻도록 정성을 다한 가족과 친구들이 있었기에 살아 숨 쉬고 있음에 감사함이었다.

그 은혜에 보답하기 위해 무엇을, 어떻게 할 것인가를 고민하고 실천하겠다고 다짐하며, 걷고 오르고 달리는 것과 자연 속에 숨 쉬는 아름다운 도전은 멈춤이 없이 지속되는 것이다.

또한 이제는 더 이상의 부와 명예를 얻기 위해서 욕심을 내기보다는 모든 것은 다 내려놓고 봉사와 배려를 이행하면서, 여유로운 삶을 살자고 스스로와 약속을 하고 실천하고 있다.

인생은 짧고 예술은 길었다. 짧은 인생이기에 서로 아끼고 사랑하며, 삶의 가치와 행복을 나누고 누리자고 큰 힘과 용기를 얻고 있었다.

아. 삶의 희망을 하늘 높이 쏘아 올리다

사람은 누구나 만수무강을 바란다. 건강과 부와 명예를 이루고, 장수하면서 행복한 삶을 사는 것을 인생의 목표로 삶고 가꾸면서 오늘도 바보 아빠는 꿈을 꾸고 있다.

그러나 삶의 진행 과정에서 예기치 않은 사건 사고와 건강 관리 미숙, 금전 문제 등으로 인한 가슴 아픈 상황으로 전개되어 삶을 정리하고 마감해야 하는 냉정한 현실에 부닥치게 되는 것이 기억하기 싫은 삶의 슬픈 자화상이기도 하였다.

그날 이후, 충격과 고통을 받아들이면서도 치유하는 데에 생각지도 않은 수많은 아픔의 눈물을 오랜 기간 흘려야만 하였다.

유년 시절과 청소년기를 거치고, 성년이 되어 가면서 한때는, 우월주의에 사로잡혀 맹목적이고 무모한 도전으로 피를 흘리며, 삶 속에 생사를 넘나드는 절박한 상황의 위기가 여러 번 찾아도 왔었다. 부모님 덕에 불효하면서도 다시 기회를 얻는 아픈 기억들도 참으로 많이 있었다.

살아오면서 그 누구나 예상치 못하고 준비되지 않은 실제 위협의 상황에도 처하고 극복한 경험이 수없이 있을 것이다.

아차 하였으면 결혼기념일이 죽음의 날이 되는 기막힌 현실이 될 뻔도 하였다는 사실에 놀랍고, 살아 숨 쉬고 있음에 그저 고맙고, 감사할 따름이다.

생명과 연계된 글을 써내려 나가다가 보니, 숙연해지기에 재미없이 전개되고 정리되어 아쉽기는 하다. 그러나 지울 수가 없다. 바보 아빠 최가네의 역사이고, 눈물이었기에 그렇다.

자. 새로운 발견, 그것은 희망이었다

퇴원 후, 1년이라는 재활의 기간이 흐르고 있었다. 가족과 주변 모두의 정성과 사랑과 우정으로 원래의 모습을 하나둘씩 찾아가며, 진일보하고 있었으니 기쁨이다. '기적이 동반된 선택받은 사람이었다.'라고 하는 생각이 다시금 밀려오고 있다.

스포츠 센터에서 운동 중에는 기상천외한 바보 아빠의 모습을 발견하고 있었다. 옆에서 운동하는 아내 수네 여사에게 자랑하고 싶은 함박웃음을 짓는 기쁜 날도 있었다.

몸도 가누지를 못하고 제대로 홀로 걷지 못하는 상황에서 기적 같은 일을 발견하였으니 감탄이 아니겠는가도 싶다.

런닝머신, 걷기운동 중에 변화를 주고 달리듯 뛰어보니, 큰 불편과 어려움이 없이 뜀박질이 된다는 사실이다. 또 한 번의 기적, 환희의 순간이었다. 그저 고맙기만 하였다.

이제는 조금씩 진일보의 건강한 삶과 사랑이 가득한 행복을 찾아가기 위해 삶과 죽음의 기로에서의 작지만 큰 행복의 의미를 되새기고 있다.

사람은 누구나 늘 사고와 병에 노출 없이 건강과 행복을 추구하고자 한다. 자신의 가치와 목표를 이루고 행복한 삶을 누리고자 하는 것이 큰 소망일 것이다.

주변에는 바보 아빠보다 더한 아픈 상처와 기억하고 있는 인연의 사람들이 많았고, 그런 상처가 언제 다시 찾아오려는지는 알 수가 없는 예측불허의 현실 앞에서 살아가고 있기에 더욱 그렇다.

의학 기술의 발전과 암 발생 후 치료기술이 뛰어나다 하지만, 한번 암에 노출되면 불완전한 삶과의 고난이 시작된다는 것이 현실이다.

살기 위한 몸부림은 강하게 드라이브를 걸어 스매싱이었다. 1톤 트럭에 자전거 두 대를 싣고서 전국의 도시와 자전거 길,

섬들을 달렸다.

그것만으로는 부족하여 동백의 섬 지심도, 얼음골, 영남알프스 케이블카에 올라 천황산을 걸었다. 쉽지 않은 고난의 도전이었다.

강화도의 섬(주문도, 무의도, 신시도, 교동도, 석모도 등)들을 섭렵하였다. 옹진군에 있는 섬(대(소)이작도, 덕적도, 승봉도, 소야도, 자월도, 장봉도, 백령도, 대청도, 연평도, 굴업도, 승봉도 등)의 해안 산책로와 낮은 고지에 오르며 몸의 근력과 지구력을 키우기 위한 눈물겨운 섬 트래킹을 완성하였다.

서해안의 멋진 섬(어청도, 삽시도, 국화도, 죽도 등) 크고 작은 섬들을 찾아 아내 수네 여사의 손을 잡고, 지팡이와 친구가 되었다. 걷고, 오르고, 해안 데크 길을 따라 걷는 트래킹은 멈추지 않고 계속 진행이었다. 살기 위한 몸부림으로 가시덤불을 헤쳐나가는 아름다운 도전이다.

바보 아빠가 아파서 투병 생활을 직접 해보고, 재활의 과정을 거치면서 보니, 생각하기도 싫은 고통과 고난의 연속이다. 긴 투병 생활 중에 배를 절개한 후, 뚜껑을 열었을 때에 암덩어리는 없었을까도 두려움이고, 걱정이었다.

정말 매사에 조심조심하고, 예방을 위해 미리미리 준비하고 대처하지 않는다면, 이후에는 수습하기 어렵다는 사실을 이제 알았다. 더 늦기 전에 다시 시작해야 한다.

내 몸이 성하지 않은데, 부와 명예가 무슨 소용 있을까. 잘 못되어 가고 있는 부분은 과감하게 자르고 멀리하고 포기하여 버려야 한다. 그래야 산다는 것이고, 살 수가 있다는 결론이다.

아픔의 고통과 고난과 죽음은 당해 본 사람만이 알고 있다.

내가 이러려고 그렇게 고생하며 부와 명예를 찾았나도 싶은 것이 인생이다.

한 가닥 희망이 있었다면 지푸라기라도 잡고 싶은 심정으로 포기하지 않는 것이 진실의 마음이었다. 수술을 받으면 살 수가 있으나, 돈이 없어 포기하는 사례가 의외로 많다.

그 많은 억 소리 나는 금전적 손실이 있었어도 말썽꾸러기 바보 아빠를 버리지 않고 살려낸 아내 수네 여사와 아이들 셋이 그냥 고맙기만 한 이유이다.

차. 바보 아빠는 장군이 되었다

2018년 4월의 어느 봄날이었다. 바보 아빠는 장군이 되었다. ROTC 23기 특전동기회에서는 검은 베레의 혼이 담긴 '안 되면 되게 하라'는 바보 아빠의 불굴 의지를 높이 평가한 것이다.

행사는 특전사령관 주관하에 특전사령부 강당에서 진행이 되었고, 이 자리에서 제15여단장으로 임명이 되면서 장군 지휘봉과 성판이 바보 아빠에게 주어지고 있었다.

살아있기에 누리는 커다란 명예이었고, 행운은 바보 아빠와 함께하고 있음을 확인하는 기회이었다.

이제는 어려운 환경과 여건에서 병마와 싸우고 있는 친구와 동기 등 사람들을 찾아 나눔을 실천하며 살겠다는 의지로 사회적 약자를 희생과 봉사의 삶을 살겠노라고 다짐을 하는 바보 아빠로 시작하고 있다.

카. 이제는 건강이 최고의 부이고, 출세다

우리 나이도 이제 60대 초반을 넘어 열심히 70을 향하여 달려가고 있다. 옛날 같으면 영감 소리를 듣고 성대하게 환갑 잔치 상을 받을 나이가 아니었던가. 더불어 잘 먹고 좋은 환경과 의학 기술의 발달로 극한의 사고사 없이 관리만 잘한다면, 장수하며 100세를 누릴 시대이다.

건강하게 장수하려거든, 이제는 본인 스스로 절제하고 통제하면서 조심이고, 미리미리 준비하여야만 가능한 사실이다.

자신의 몸과 마음의 자유를 찾아 실천하고 함께하는 삶 속에서 상대방에게 피해를 주지 않고, 삶의 가치와 행복을 추구하고 누릴 수 있다면 좋겠다는 생각이 스치고 있다.

논할 자격도 없는 바보 아빠이지만, 살아 숨 쉬는 동안 건강하게 삶의 가치를 실현하고 추구하면서 행복을 찾는 삶이 되길 바라는 간절한 마음으로 기원하고 있다.

그러기 위해서는 인연의 고리로 맺어진 사람들은 서로가 아끼고 사랑하며 노력해야 하는 것이 소명으로 다가오고 있다. 건강과 행복이 함께하면서 언제나 기쁘고 좋은 날로 가득하길 소망도 드리며, 소소한 일상에서 행복을 찾는 사람 사는 세상 이야기는 아프지 말고 다치지도 않으면서, 오래오래 함께 나누며 누리자는 건강한 삶의 메시지를 남겨두고 싶은 것이다.

죽어 버리면 모든 게 끝이고, 부와 명예가 무슨 소용이겠는가. 생명은 그 무엇보다 소중한 것이고, 바꿀 수 없기에 숨 쉬고 살아 있음에 고마움과 감사함으로 알고, 소중히 살아가는 것이다.

삶은 건강하게 살면서 착하고 맑은 마음의 소리로 미소를 지으며, 재미있게 함께하면서 정말 기쁘고 좋은 사람 사는 아름다운 세상이 오지 않겠는가도 싶다.

바보 아빠가 아는 사람들 모두가 건강하게 소통하고 함께 나누면서, 아주 멀리까지도 기쁨과 우정과 사랑으로 함께하고 동행한다면, 이 또한 기쁜 삶이 아닐는지도 싶다.

건강이 행복이었다.

19. 다시 찾아온 위협과 치유의 삶

그날은 또 한 번의 희망과 도전의 가치를 쏘아 올린 삶의 큰 전환점이 되어주었다.

길고 길었던 지난겨울이다. 예상치도 못한 코로나19의 감염과 한파가 몰아쳐 독감까지, 바보 아빠의 몸에는 귀차니즘의 바이러스가 침투하여 지독하게도 괴롭히었다. 사고 이후에 또 한 번 찾아온 골이 깊은 삶의 위험수위이었다.

쉽지 않은 버티기는 계속 진행이었다.

그저 길었던 한파와 추위에 견디기 힘든 약한 몸으로 기상이변만을 탓하고 있었다. 어서 봄이 오고, 여름이면 좋겠다는 절박한 바람뿐이었다. 겨울은 그만큼 삶을 지치게 만들어 초라한 모습으로 변화를 시키고 있었다.

봄은 왔건만, 몸의 변화를 일으키는 좋은 신호는 감지가 안 되는 악순환의 연속이다.

어느덧 아지랑이 너울거리는 찬란한 봄은 가고, 4월 문이 열리었다. 주변의 사람들은 봄을 즐기기 위해 자전거 라이딩을 떠나고, 골프를 즐기면서 사는 재미를 찾아 힐링의 여행을 떠나고 있었다. 바보 아빠만 방안의 통수(統帥)가 되어 있었다. 쉽게 밖으로 나가기가 쉽지는 않은 어둠의 극한상황이 닥친 것이다.

그리고 4.6(목)이었다. 이날은 6개월마다 신촌 세브란스를 찾아 병원 진료를 받는 날이다. 이른 시간에 도착하여 채혈도 하고, 혈압도 확인하였다.

아내 수네 여사가 준비한 김밥과 온기가 피어오르는 따뜻한 커피로 아침 요기를 하면서, 결과 확인을 위한 기다림의 시간이었다.

얼마의 시간은 흐르고, 담당 의사의 진료실 앞에서 대기하는 시간은 언제나 초조와 불안의 시간이다. 그리고 진료 차례가 왔다.

의사와 대면을 하고, 채혈 결과를 살펴보는 약 10여 초의 짧은 시간은 흐르고, 의사의 입은 열리고 있었다. 의사의 말은 "좋습니다."로 짤막한 외마디의 소리가 전부였다. 큰 아쉬움이었고, '이것은 아닌데'라는 말이었다.

"혈당수치는, 그리고 빈혈의 결과는 어떻습니까?"로 바보는 반문하고 있었다. 의사는 빠르게 눈을 움직이며, 컴퓨터상의 차트를 바라보고 있었다.

잠시의 침묵이 흐르는 여운의 시간이다. 짧은 시간은 긴박한 상황이 전개되고, 긴급의 수혈이 필요하다는 것이다. 몸속 어디에선가 혈액이 세고 있다는 황당무계한 말을 의사는 이야기하고 있었다. 이후, 긴급수혈(혈액 2봉지)을 받고, 소화기내과와 혈액 내과의 협진을 통하여 진료와 검사 일정은 빠르게 잡히어 진행하고 있었으니, 안타깝기만 하였다.

환자가 많으니, 즉시 진료는 어려운 상황이었고, 약 1개월이 지난 후에야 소화기내과와 혈액 내과의 진료 일정은 잡히었다. 다시 길고 긴 기다림의 시간은 진행이 되었고, 초조와 불안은 엄습해오고 있었다.

약 10초의 짧은 시간에 대충으로 차트를 검색하여 두리뭉실하게 진료 결과를 말해주는 의사가 미웠다. 꼼꼼히 확인하고, 검사결과지는 환자에게 제공되어야 하는 것이 맞는 정답일 것이었다.

먼저 소화기내과의 진료는 진행이 되었다. 하늘이 도운 듯하고, 다행히 별다른 특이사항 없이 진료는 정리되었다. 다만, 혈액 내과의 진료와 검사 결과를 보고서 추가적으로 조직검사를 해보자는 의사의 소견이었다.

이제 혈액 내과의 진료이었다. 이른 아침 시간에 공복의 상태로 채혈을 하고, 예약 시간을 기다려야만 하였다. 어떤 결과가 나올 것인가로 초조함의 기다림이었다.

시간은 흐르고, 차례는 오고 의사 앞에 앉았다. 채혈 결과 적혈구, 백혈구, 혈소판, 윤중구 등 정상의 기준수치에 한참이나 모자라는 최악의 결과이었다. 골수검사까지를 해야 한다는 아찔한 결과를 말해주고 있었다. 큰일이었다. 죽느냐 사느냐로 또 한 번의 삶의 기로에 서 있었다.

의사의 진료 결과와 처방은 내려졌다. 위와 소장 일부를 잘라낸 상태에서 5년이 지나면 소화와 영양분의 흡수 능력은 제로상태가 된다는 것이었다. 고단백의 영양을 섭취하고, 영양제를 먹어도 별다른 효과가 없다는 청천벽력 같은 결과이었다. 미래의 삶이 불투명한 절박한 상황의 전개이었다.

건강을 해치는 주원인은 알았으니, 처방이 필요하였다. 코로나도, 독감도, 추위도 아니었다.

비타민(B12) 주사로 처방은 내려지고 있었다. 약 1개월간 3일 간격으로 비타민 주사를 맞고, 이후 다시 채혈한 후에 결과를 보자는 것이었다. 정상의 수치로 회복이 안 되면, 골수검사를 하여 결과를 보자는 것이었다. 삶의 불안한 위기가 닥친 것이었다.

첫 번째의 비타민(B12) 주사를 맞고, 집으로 돌아올 수가 있었다. 다행인 것은 3일 간격으로 세브란스 혈액 내과에 내원하여 주사를 맞는 것이 아닌, 거주지 동네병원에서 맞도록 협조가 이루어진 것이었다. 환자를 배려하는 참으로 고마운 발전이었다.

집으로부터 약 200미터 떨어진 병원을 찾아 의사의 소견서가 첨부된 자료를 제출하고, 동네 의원 킨텍스 드림내과 원장의 승인은 이루어졌다. 무엇보다도 고마운 것이었다. 그리고서 3일 간격으로 비타민 주사를 맞기 시작하였다.

비타민 주사의 횟수가 늘어나면서 몸에는 좋은 쪽으로의 변화가 시작되고 있었다. 왕성한 식욕과 배변 활동, 피곤한 일상은 맑음이었고, 허리통증과 발의 아림 등 전반적인 변화 속에 기분은 좋고, 마음은 편안함으로 여유가 찾아오고 있었다.

어느새 주사는 마무리되었다. 다시 예약된 날짜에 신촌세브란스 혈액 내과로 내원하여 채혈 후 담당 의사의 진료는 시작이 되었다.

한참 동안 컴퓨터상 차트를 점검하던 의사의 입은 열리고 있었다, 짧은 여유의 시간은 흐르고 있었다. 어떤 결과를 말해줄 것인가 그것이 문제이었다.

"네~. 좋아졌습니다. 백혈구, 적혈구, 혈소판, 윤중구 등 정상으로 회복이 되셨습니다."

아 이렇게 기쁠 수가 있을까? 무조건

"고맙습니다. 감사합니다."

앞으로의 진료 방향은 비타민(B12) 주사는 한 달에 한 번만 맞으면 되겠습니다. 그리고 6개월 후에 다시 결과를 보겠습니다. 좋은 날이었다.

깊게 드리워진 구름은 걷히고, 맑은 햇살은 미소를 머금고서 안녕을 말해주고 있었다.

그렇게 또 한 번의 삶 속에 위기는 극복이 되고 있었다. 다시 한번 사는 재미를 찾아 멋지게 살라는 기회를 준 것이었다. 바보는 살 놈이었다.

제4부
행복의 꽃을 피우는 아름다운 삶

20. 시집가는 날의 풍경, 행복의 노래

아침은 쉬지도 않고 다시 찾아왔다. 시곗바늘의 고장으로 새로운 아침은 한 번이라도 조금 더디게 열리어 주면 좋으련만, 이유 불문으로 아침은 시작되었다.

바보 아빠네의 보배이고, 바보 아빠와 꼭 닮은 딸이 백 년 이상의 멋진 해로의 긴 여행길을 나서는 짝과 결혼하는 날(2018.12.2.(토).11:00)이다. 축복이 넝쿨째로 잘도 굴러가고 있었다.

88서울올림픽이 열리던 해의 아지랑이가 너울거리는 봄날에 귀여운 여자아이가 태어났다. 그날은 큰 축복이었다.

유아 시절부터 건강한 몸과 마음을 간직하였다. 울보이거나 떼쟁이도, 말썽꾸러기도 아닌 꿈 많은 도전과 경쟁에서의 최고가 되겠다는 포부가 강한 딸이었다.

성장 과정 내내 싫은 소리는 한 번이라도 할 수 없게 하였던 심플한 아이였다. 딱 한 번 대학입학 시기에 서울대에 가도 될 성적이었건만, 이화여대에 가느냐는 것이 바보 아빠의 질책은 전부이었다.

언제나 부모의 삶 속에 기쁨을 주었고, 뒷바라지하는 것들도 모두가 꿈과 도전을 위한 아름다운 미소의 순간들이었다. 한 번의 실패 없이 힘든 고난의 길에서 사법시험을 대학 3학년 때에 합격하여 귀여움을 뽐내는 멋지고 자랑스러운 딸이었다.

2015년의 가을날에 산행 중 사고로 쓰러져 사경을 헤매던 혼란의 시기에서 아빠의 병간호를 우선으로 하여가며, 힘든 사법연수원의 생활을 잘 마무리 해준 기특한 딸이다.

세월은 흐르고 또 흘러 2018년의 문턱을 넘었고, 홍성환이라는 사법연수원 동기를 만나 산전수전 사계절을 보내면서 급진적으로 결혼 승낙과 상견례, 결혼식 준비과정을 거치면서 축복받는 결혼에 골인이었다. 바로 그날이 왔다.

살아가는 긴 여행길은 생각보다 쉽지 않고, 순탄하기도 하다가 가파른 절벽을 오르고 내리기를 반복하는 환희와 위협이 공생하는 것이 삶이고, 인생길 소풍이다.

순간의 긴박한 상황들을 어떻게 잘 극복하느냐가 성공과 실패의 길을 찾아가는 아련한 선택이고, 판단과 결심의 연속적인 과정이 아닌가도 싶다. 둘이 함께이기에 어떤 어려움과 찾아오는 위협도 극복을 하리라고 믿었다.

어느 여름날, 아내 수네 여사의 꿈을 향한 도전으로 거동이 불편한 몸으로도 집안의 살림을 해야만 하는 어려운 시기가 있었다.

출근길에 나서는 딸에게 누룽지 한 그릇을 끓여, 김치 한 가닥의 밥상으로 온기가 묻어나는 바보 아빠의 사랑을 줄 수 있었던 시간이 소확행의 맛과 멋을 나누는 시간이었고, 기쁨이 묻어나는 삶이었다고 말하였다.

결혼식 하루 전이었다. 아는 사람들은 기분은 어떻고 결혼하는 날에 펑펑하고 눈물을 쏟아내는 것 아니냐 하면서, 아내 수네 여사와 바보 아빠의 깊은 속마음도 모르고, 손수건은 챙겨 가냐고 너스레를 주고 있었다.

"저는 절대로 울지 않습니다." 잘 되어야만 할 텐데, 걱정도 앞서고 있었다. 울고 웃는 것은 지켜보라는 뜻이었다.

오후의 해가 지기 전에 강남의 고즈넉한 호텔에 여장을 풀고, 온 가족이 함께한 파티로 마무리는 되고, 결혼식 당일의 아침을 기쁘게 맞이하였다.

여자 셋은 아침도 거른 채로 머리와 화장을 위해 배고픔을 참아가며 숍으로 향하고, 느긋한 바보 아빠와 아들은 뷔페 식사와 커피 한 잔의 여유, 그리고 샤워까지도 즐기면서 태평성대로 하루를 시작하였다.

연지곤지로 예쁘게 단장하고, 우리는 행정법원의 융선당으로 향하였다. 분위기에 젖어 예행 연습의 시간과 세상에서 가장 예쁘고 아름다운 신부와 바보 아빠네 가족들끼리의 그림 한 장을 그려보는 여유도 없이 시간은 흘렀다. 분주한 시간이었다.

제일은 아무도 모르게 기획하고 연출한 바보 아빠의 결혼 예복의 품격이었다. 현역도 아닌 예비역의 입장으로 뜬금없는 이벤트는 기분전환으로 보기 드문 기쁜 미소를 안겨주기에는 충분이었다. 제대로 된 힛트 상품이었다.

장시간 움직이어야 하는 바보 아빠는 완전무장 옷매무새도 갖추고, 핫팩 등 추위에 대비한 보온대책도 준비하였다. 몸에 배어 나타난 악조건의 상황과 위협에 대비하는 준비이었다.

시간은 흐르고, 이제는 손을 놓고 보내주어야 할 시간이다. 친척과 친구, 동기와 지인 등 많은 사람과 인사를 나누면서 모델이 되어 포토라인에 섰다. 행복의 날개를 단 축복의 시간이었다.

잠시 후, 예식 진행요원 아가씨에게 손목은 잡히어 끌려가듯이 바보 아빠와 아내 수네 여사는 식장으로 가야만 하였다.

사회자의 멘토에 의거 사돈 어르신과 아내 수네 여사는 예식의 첫 순간을 향한 행진은 시작이었다. 신선한 미소의 신랑 입장도 상큼하게 진행되었다.

이제는 바보 아빠와 최지혜 변호사의 입장 차례가 오고 '넘어지지 말고 잘 걸어야 할 텐데 큰일이다.'라는 생각이 밀려왔다. 식전 예행 연습도 없이 진행된 행진의 첫발은 기분 좋게 내딛고 있었다.

"하이! 홍성환 변호사"

바보 아빠는 오른손을 번쩍 들어 신호를 보내주고, 아빠와 딸은 손을 꼭 잡고 한 걸음, 한 걸음 신랑을 향하여 거리를 좁히고 있었다. 신랑에게 손을 넘겨주기 전 예행 연습에 없는 신선한 충격의 멋진 순간을 다시 연출시키고 있었다.

"단결!" 홍성환 변호사의 거수경례에 바보 아빠의 답례까지, 짧은 여운의 순간은 지속되었다. 우레와 같은 기립박수와 함박웃음이 가득한 폭소가 터지고 있었다. 기쁨이었다.

바보 아빠네의 보금자리를 떠나 홍성환 변호사 곁으로 보내는 것이 아쉬웠을까, 거수경례한 손을 쉽게 내려놓지는 못하고 있었다. 아쉬움 속에 어쩔 수 없는 딸아이의 고운 손은 신랑에게 안기어 포개져 있었다. 행복한 미소의 결혼식은 그렇게 진행되었다. 행정법원 판사(신랑의 사법연수원 지도교수)님의 주도 아래 일사천리로 주례사는 이어지고, 축가 시간이었다.

융선당 내 자리를 꽉 메운 하객들을 위한 고마움과 감사의 배려를 위하여 특별하게 기획하고 연출한 바보 아빠네의 이벤트이었다.

바보 아빠의 동기생은 '10월의 그 어느 멋진 날에'로 잔잔한 목소리로 축복의 시간을 갖게 해주었다.

이어진 아들 지환이와 친구의 듀엣 노래 '당신이 좋아'는 인기 급상승이었다. 결혼식장 분위기를 확 바꾸는 멋진 피날레를 장식하면서 함박웃음 가득하고, 박수갈채와 출연 섭외를 받는 등의 진풍경이 연출되었다.

이후, 신랑 신부의 행진과 사진 촬영 등을 끝으로 공식적인 홍성환과 최지혜 변호사의 아름다운 맛과 멋이 풍부한 행복한 결혼식은 끝을 맺었다. 서로가 좋아서 만나 한 가정을 이룬 인생의 긴 여행의 소풍은 시작이었다.

두 사람의 삶에 건강과 안전이 선행되고, 꿈과 행복을 찾아 곳간도 채우면서 기쁘고 좋은 날이 가득한 삶으로 축복의 삶이 함께하길 바라고 있었다.

바보 아빠네의 큰 대사에 먼 길 마다하지 않으시고, 축복의 자리에 함께해준 친지와 친구, 동기, 지인 등 모두에게 머리 숙여 고마움과 감사함을 전하고 있었다.

넘기가 쉽지 않은 삶의 행복이 가득한 3개의 큰 산중에 하나를 넘었다. 더 멋진 젊은 친구의 두 사람이 남았지만, 바보 아빠는 그들만의 행복한 미래의 멋진 삶을 위해 '정성과 사랑을 다 하겠다.'라는 다짐으로 약속을 하였다.

잘 어울리는 두 변호사가 걸어가는 인생길 소풍에는 굴곡이 없는 아름다운 행복의 길을 걸을 수 있도록 정성과 사랑의 마음으로 축복의 메시지도 남겨주고 있었으니, 참으로 행복한 결혼이었다.

'인생은 꿀맛처럼 살고, 웃음꽃과 사랑꽃을 피우는 거야.'로 응원의 메아리가 널리 울려 퍼지도록 맑은 소리의 종은 쉬지 않고 울리고 있었다.

잘 될 거야, 건강한 삶으로 웃음꽃과 사랑꽃을 피워주라고 바보 아빠는 삶의 행복을 노래하고 있었다.

21. 봄봄이(준기)가 세상 구경하던 날

그날이 왔다. 바보 아빠가 할아버지가 되는 날이다.

충성! 신고합니다.

바보 아빠 최정식은 2020.9.18(금), 13.38분부로 할아버지가 되었음을 신고합니다.

며칠 전부터 컨디션은 좋지 않았다. 큰딸 지혜가 출산을 며칠 앞두고 있는 터이고, 기력도 처지면서 잠에 취해 비몽사몽으로 곤한 잠을 자고 있었다. 닮은꼴의 아빠와 딸이라고 아빠가 아프다는 것이 희한한 세상이었다.

이미 발령되었던 화스트 페이스(Fast Pace: 말탄 인디언들이 점점 속도를 올려서 빠르게 돌고 있는 상황, 데프콘2)에서 격상된 칵키트피스톨(Cocked Pistol: 총을 장전한 상태로 준비하는 상황, 데프콘1)로의 신중한 진단과 토의, 준비가 시작되었다. 봄봄이(애칭) 아빠는 계단을 내려와 할머니의 방 앞에 서고, 연신 똑똑으로 노크를 하였다.

9월 17일 목요일 밤 11시 50분경에 산모인 봄봄이 엄마의 몸에 이상 징후가 보이기 시작한 것이다. 양수가 터진 모양이다. 잘 놀기만 하던 봄봄이가 세상 밖으로 나올 준비를 마치면서 꿈틀거리고 있음이 확인되었다.

이제 시작이니, 배가 아프고 통증이 올 때까지 기다렸다가 일거에 병원으로 달려가 고통의 시간을 줄이면서 순산을 하면 좋았을 것 같은 예감이다. 경험하지 못한 불안심리로 최고단계의 비상은 조기에 발령이 되었다.

양치하고, 옷을 갈아입고 가져갈 준비물 들을 챙기어 집을 나서 봄봄카에 오르고 있었다. 그 시간은 9.18(금),00:03분이 었다. 밤하늘은 맑음이고, 별들도 반짝 반짝이는 별들의 전쟁 이었다.

병원 도착과 동시에 분만실로 들어가고, 각종 검사는 빠르게 시작되었다. 이제 봄봄이를 맞이할 모든 준비는 끝나고 기다리면 되었다.

이제나저제나 한참을 기다렸다. 아침이 오고, 정오를 지나 오후 1시가 되어도 소식은 없었다. 산모와 아가의 아빠는 그냥 좋아 싱글벙글거렸다.

산부인과에서는 하나둘 출산 준비를 한다는 소식도 전해오고, 그리 머지않은 시간에 봄봄이는 세상 구경을 할 것 같은 분위기이었다.

할아버지는 기운을 내어 일어나고, 목욕하였다. 봄봄이를 맞이하기 위한 때를 빼고 광까지 내는 것이다.

이어서 환영이벤트 준비에 몰입하고, 무대까지 설치되었다. 풍선도 불고, 준비해 놓은 플래카드가 무대에 부착이 되면서, 화려한 할아버지의 연출은 시작이었다.

봄봄이는 세상 밖으로 나왔다. 무통 주사를 맞고 엄마가 힘을 한 번 쓰더니 머리가 나오고, 어깨가 나오면서 세상 밖으로 소풍을 나오는 아가이었다.

오후 13시 38분경 엄마의 뱃속에서 나와 눈을 뜨고는 첫 세상 구경의 시간이었다. 아빠를 꼭 닮았다는 할머니의 판단이었다. 귀는 엄마를 닮았다고 하였다. 몸무게는 3.06kg으로 건강한 사내아이었다.

아가 봄봄이는 한쪽 눈을 뜨고서, 무엇을 보았고, 무슨 생각을 하였을까 하는 궁금증도 생기었다. 이다음에 꼭 물어보아야겠다고 기록을 하는 할아버지다.

분명 두툼한 입술도 누구를 닮은 것 같기도 하고, 봄봄이의 두상은 엄마의 주먹만 하다는 소식도 전해 주었다. 직접 눈으로 보아야 알 것만 같은 분위기이다.

울지 않고 순진하다는 소식이니, 할아버지는 횡재이었다. 삼촌과 이모는 많이도 좋은 듯 업무는 뒷전으로 하고 열심히 땡땡이다.

산모와 아가 봄봄이가 건강하니, 최고의 기쁨과 환희의 탄생일로 기록되고 저장을 시키었다. 봄봄이를 낳고서도 싱글벙글인 엄마이었다. 김치만두를 좋아하는 아빠와 엄마는 김치만두가 되어 있었다. 아가의 별명으로 딱 들어맞았다.

산모의 고충과 고통 등 통증 없이 순산을 이루었고, 허리가 조금 아프다는 후유증과 병원에 가서 봄봄이를 낳을 때까지 아무것도 먹지 않았으니, 배가 고파서 죽겠다는 푸념을 산모는 말하고 있었다.

봄봄이는 신생아실에서 병원 동기들과 놀고 있다는 소식도 실시간으로 전해오고, 엄마는 미역국을 먹으며 허한 속을 다스리었다. 아빠도 하루 한 끼의 밥을 기쁨으로 먹고 있었다. 꿀맛이었을 것 같은 느낌이었다.

태어난 첫날의 저녁 시간이었다. 엄마가 봄봄이에게 모유를 먹이기 위해 수유실에서 젖을 물리는 순간 심쿵한 일이 일어났다.

아가는 엄마의 첫 모유를 먹기 위해 입을 대는 순간, 맛이 없었는지 간드러지고 있었다는 에피소드가 전해지고 있었다. 아가도 맛을 알고 있는 것이다.

두 번째 날의 아침이 밝았다. 새벽부터 두 모녀는 싱글벙글 큰소리로 대화는 이어지고. 웃음보가 터진 것만 같은 아침 분위기이었다. 퇴원하면 함박스테이크를 먹고 싶다는 봄봄이 엄마의 소원이 메아리가 되어 날아오기도 하였다.

이제 주말을 병원에서 보내고, 20일 11시에 퇴원할 계획이다. 봄봄이와 할아버지는 소중한 인연의 첫 만남과 대면을 이루게 된다. 덩달아 전투준비 태세는 다시 발령되고 있었다.

봄봄이가 퇴원 전에 우리 집 일행은 독감 예방접종도 하고, 대청소와 환영식 준비 등의 풍선 불기는 시작이었다.

독감 예방접종을 하고 오는 길에 고깃집을 들려 함박스테이크를 만들 고기도 사 오고 하였으나, 머리가 나쁘다고 자박한 할머니는 결국 고기는 차에 두고 집으로 오고 있었다. 자신의 한계를 되뇌며, 뚜벅뚜벅 걸어 고기를 가지러 내려가고 있었다. 좀 그렇긴 하였다고 손으로 입을 막고 웃을 수밖에는 없었다.

봄봄이의 하루는 잠자기였다. 그거라도 할아버지를 닮아주었으니, 고맙고, 감사한 일이 아닐 수가 없는 포근함이었다.

오후의 면회 시간에는 몸이 불편한지 뒤척이며 울고 있는 아가이었다. 오줌을 쌌을까, 아니면 똥을 누웠을까 등 걱정이었다. 아마도 할아버지를 찾고 있는 것 같기는 하였다. 봄봄이 아빠와 바톤 터치를 해야 할 상황이 아닌가도 싶은 생각이다.

할머니는 냉콩국수로 점심을 가볍게 먹고, 아주 오랜만에 친구를 찾아 외출 길에 나서고 있었다. 친한 친구와 함께 인생 수다도 떨어보고, 스트레스도 던지고서 즐거운 시간을 보내고 오면 참 좋겠다고 응원을 하는 바보 아빠다.

그런데, 부천까지 가는 교통 사정으로 약속을 취소하고, 두 모녀는 시장 놀이에 올인하였음을 알고는 깜짝 놀랄 수밖에는 없었다.

그 틈새를 노려 할아버지는 봄봄이 탄생기념으로 자전거 라이딩에 도전을 하고 있었다. 봄봄이 탄생을 가을하늘에 널리 알리고, 가을의 소리가 어디만큼이나 왔는지의 풍경을 찾기 위해서다.

가을하늘과 햇살도 너무나 좋은 것을 바람은 알려 주고 있었다. 스쳐 가는 감촉은 좋은 느낌이었다. 독감 예방접종으로 목욕을 할 수가 없고, 땀을 흘리면 안 되었기에 폭풍 질주는 할 수가 없었다. 아쉬움이었다.

봄봄이 덕에 아빠와 엄마는 닭 한 마리씩을 저녁으로 먹고 있었다. 아가 덕에 잠을 자고 먹기만 한다는 엄마의 너스레도 있었다. 이 밤에도 봄봄이는 잠을 청하고, 엄마는 야식으로 미역국 한 그릇을 먹고 있었다.

어제 봄봄이를 낳을 때, 봄봄이 엄마는 방구를 뀌었다는 이상하고 신기한 웃음보따리를 풀어 놓았다. 그 사실은 봄봄이 아빠가 현장에서 들었고, 의사도 다들 그런다고 하면서 웃었다는 믿거나 말거나의 예기가 심심풀이로 전해지고 있었다. 똥을 안 싸기가 큰 다행이었다고 아기 엄마는 웃고 있었다.

이 밤이 가고, 날이 밝는 내일이면 봄봄이는 엄마, 아빠와 함께 집을 찾아오게 되고, 또 하나의 인생길에서 아련한 설렘의 소풍은 시작이 되는 것이다.

봄봄이 엄마는 산후조리를 잘하여 몸에 후유증이 없으면 좋겠다. 그러면 야심찬 꿈을 향한 도전은 다시 시작이다.

봄봄이는 아프지 않고 건강하게 무럭무럭 자라서 성장을 해주고, 미래의 하고자 하는 큰 꿈을 꾸며 키우면 좋겠다. 인생길에는 순탄한 길이 더 많은 재미나는 삶으로 도전하고, 꿈을 키워 가면 최고이겠다는 할아버지의 바람이고, 소망이다.

바보 아빠네의 삶은 새로운 혁신과 변화의 환경으로 기쁨과 희망으로 가득 채워 나누고 누리면 좋겠다는 할아버지의 마음을 기록하여 저장을 시켜두고 있었다.

22. 건강미인 며느리로 맞이하는 날

그날의 한파는 매섭기만 하였다. 설날을 앞두고 거세게 몰아친 대한의 한파이었고, 외출은 엄두도 낼 수가 없었다.

그런데 이상하게도 그날은 삼촌이 똑똑 노크를 하고 들어와 다정한 척으로 다가오고 있었다. 뭔가 긴밀히도 할 말이 있는 모양이었다. "젊은 아들 뭔가, 할 말이 있으면 해보시게."로 그날의 대화는 시작되었다.

아버지, 저 그녀 '김시현'이와 결혼을 하겠습니다. 하늘이 노래져야 하는데 그렇지 않은 기쁨이었다. 얼씨구나 좋을씨고는 아니었으나, 어느 정도는 예견하고 있었다.

"그래, 결혼해야지, 암! 해야 하고말고!"였다. 그런데 언제쯤이나 하려고 하냐고 아들에게 묻고 있었다.

"가능하면 빨리 2월 말이나, 아니면 3월 초면 좋겠습니다."

"뭣이라고, 그렇게나 빨리 말여."

냄새가 아주 진동하고 있었다. 젊은이 마음대로 결혼하는 건가. 결혼은 인륜지대사이고, 최소 6개월 전에 결혼식장 예약을 우선으로 해야만 하는 거란다. 너무 빠름을 암시해주었다.

그렇게 지환이와 시현이의 결혼은 신부가 되고, 며느리가 될 시현이의 얼굴도 못 보고 결혼을 허락하고 있었다. 상견례 비용 50만 원은 절약이었다.

아들로부터 보고를 받은 아버지는 현장에서 즉시 예식장 섭외를 시작하고 있었다. 발 빠른 행보였고, 급한 상황과 여건이기에 불을 꺼야만 하였다.

용산의 뮤지엄, 도곡동의 군인공제회관, 대방동의 해(공)군회관으로 예식장을 압축은 하여 두고서 저울질을 시작하였다. 예식장의 위치, 쾌적한 환경과 여건, 뷔페 음식의 질, 하객의 배려 등은 우선 고려대상의 하나이었다.

이곳의 예식장 모두를 가본 아버지는 군인공제회관 내 엠플러스를 추천하고 있었다. 즉시 전화를 하여 일정을 찾고, 선택의 폭을 압축할 수가 있었다.

주 단위 일정을 모두 확인을 하고 알아보았다. 이제 긴밀하게 사돈댁과의 연락을 주고받으며, 의견교환으로 최상의 일정을 빠르게 선택할 수밖에는 없었다. 잠시라도 멈칫하다가는 예정된 일정에 결혼은 언감생심이었다.

그리고 얼마의 시간이 흐른 후에 일사천리로 마음이 통하였고, 양가의 원하는 일정에 긴급으로 가계약을 이루었다. 한시름 놓은 아버지의 발 빠른 대처이었고, 기분 좋은 선택이었다. 참으로 잘한 결정으로 예쁜 짓이었다.

예식장이 최상의 조건으로 선택하여 결정되니, 이제부터는 쉽고 여유롭게 결혼식 준비를 하면 되는 것이다. 한 달 반의 시간을 앞두고서 여유로운 결혼식을 준비 할 수가 있었다. 제일 바쁜 사람은 신랑 지환이와 신부 시현이의 몫이었다.

아빠의 인생 경험 수치와 엄마의 웨딩박람회 참여 경험, 업체와의 인연은 두 사람 결혼식 준비에 어떤 장애가 될 수 없는 순리대로 착착 진행되었다. 날로 새롭게 진행되는 신선함이었고, 막힘이 없는 즐거운 결혼식 준비이었다. 해결사의 즐비함으로 걸림돌이 없었다.

웨딩 촬영, 한복과 드레스 선택, 예복 준비, 예식 당일의 머리 손질과 화장까지도 착착 진행되었고, 사회자 선정과 식순 검토, 주례선정과 준비 등 걸림돌은 하나도 없이 잘도 진행되었다. 할 일이 없는 결혼식이었다.

결혼식을 앞두고서 예식장 리허설과 정식계약을 마친 후에는 양가의 상견례 시간도 함께 만들어 가고 있었다. 기분 좋은 대화의 시간과 함께 정성으로 선정한 맛 좋은 음식도 나누었다.

서로를 이해하고 알기 위한 소통의 시간도 가지게 되었다. 중국 음식의 맛은 고소함과 부드러움이 있는 신선함이 가득해서 좋았다. 짜장과 고추잡채의 짭짤한 맛은 아쉬움이었다.

결혼식 진행을 맞은 사회자 친구도 연습에 심혈이고, 주례(덕담)와 성혼선언의 중책을 맡은 바보 아빠도 수 차례의 원고 수정과 교환으로 상호공감대를 만들어 주었다. 진지한 연습으로 녹음까지 하고서야 최종마무리를 해두었다. 간단함으로 거추장스럽거나 요란하지도 않은 검소한 결혼식이 주 컨셉이고, 알찬 진짜배기의 주문이었다.

이제 결혼식(2022.3.5.(토),13:40)당일 아침이었다. 양가 모두는 신랑 신부를 대동하고, 머리 손질과 화장을 위한 숍을 찾아 분을 바르고 멋 내기를 시작하였다.

얼마의 시간은 흐르고, 차에 올라 결혼식장 엠플러스로 이동을 하였다. 경칩이었던 그날은 바람도 있고, 많이도 쌀쌀하였다.

엠플러스에 도착이 되면서 카운트 다운은 시작되었다. 앞선 오전 팀의 결혼예식이 끝나면, 우리 지환이와 시현이의 결혼식은 시작을 알리는 것이다.

준비하여간 김밥으로 허기진 배도 채우고, 힘을 내어 주례 진행을 위한 최종원고 준비와 마이크 점검도 끝냈다. 각자의 위치에서 자기의 힐 일들을 체크하고 준비하면 되었다.

이제 예식 1시간 전으로 하객을 맞이하기 시작했다. 친척, 친구와 동기, 지인, 직장동료 등 사회적으로 어려운 환경과 여건에서도 소중하신 많은 하객분들이 찾아와 주시었고, 축하해주고 있었다. 축복이 많은 결혼식이었고, 큰 복을 우리는 얻고 있었다.

결혼식은 시작되었다. 사회자의 멘트로 양가 어머님의 입장으로 화촉점화는 밝혀지고 있었다.

핸섬 보이 신랑 아들은 늠름한 모습으로 입장을 하고 있었다. 신선한 멋으로 하객의 큰 축복의 박수를 받으며 입장하는 아들의 당찬 모습이었다. 박수를 받기에 충분한 훈남의 매너가 돋보였다.

오늘의 여주인공 천사 신부의 입장이 시작되었다. 마음이 착한 건강미인 신부의 입장이었다. 먼저 입장한 신랑의 마중으로 함께 입장하는 멋진 연출을 진행시켰다. 하얀 드레스를 입은 모습은 많이 예쁘기만 하였다.

상호인사도 나누고, 화동 예물교환으로 선정된 시현이의 조카아이가 반지가 담긴 바구니를 들고서 신랑을 찾아가는 연출이었다. 박수갈채와 카메라 세례를 독차지하고 있었다. 멋진 연출이고, 영화의 한 장면처럼 그려낸 한 폭의 보기 좋은 예술 작품이었다.

아버지의 주례와 성혼선언이 시작되었다. 사전 연습한 대로 막힘없이 착착 진행되고 있었다. 안전과 건강, 잘살고 잘되는 건강한 삶, 그리고 두 분의 어머님에 대한 효와 예의 실천이었다.

지환이와 시현이를 사랑한다는 만세 퍼포먼스도 식순에 없는 신선한 연출이었다. 주례(덕담)의 세부 내용은 녹음파일로 저장을 해두었다.

신랑 지환이의 대학 선배는 축가와 감사의 인사 시간으로 아들의 멋진 무대가 만들어지고 있었다. 신랑은 멋쟁이였고, 심플한 충격이었다. 끼를 발산한 깜놀의 시간이었다. 말띠의 선남선녀는 잘 컸고 잘 키웠다.

이제 신랑 신부가 부부가 되어 행진하고 있었다. 기분 좋은 축복의 시간이었고, 결혼식은 끝이 나고 있었다.

양가의 부모와 형제자매, 친인척, 직장동료와의 사진 촬영을 하는 시간이었다. 촬영이 끝난 후에는 식사 중인 하객들에게 고마움과 감사함의 인사를 나누고, 간단하게 요기도 하였다. 예식비용을 계산하고서야 바쁜 일정의 결혼식은 아름다운 축복의 시간으로 마칠 수가 있었다.

우리는 안전하게 집으로 돌아왔고, 신랑과 신부는 잠실에서 하룻밤을 묵고서, 제주도로 신혼여행을 가고 있었다.

이제 둘이서 하고 싶은 결혼식은 끝이 났다. 말띠의 동갑내기 둘이서 안전과 건강을 지키며, 재미나게 잘 살고 잘되도록 열심히 달리면서, 여유로운 삶으로 소풍 같은 인생을 살고, 행복을 찾아서 즐기기를 바라는 아버지의 큰마음을 아들과 며느리에게 주고 있었다.

고마움과 감사함으로 축복이 많은 결혼식이었다. 재미나게 잘 살아야 하는 것이다. 그리고 새롭게 맺어진 사돈 관계의 소중한 인연이기에 편안함으로 행복한 웃음꽃을 피우는 관계로 발전시키는 것은 의무이고, 책무이었다. 잘하고 살아야만 하는 것이 분명하였다.

　모두가 인정한 신선하고 심플함으로 잘된 결혼식이었다. 축복이 많은 흡족이고, 흐뭇하고 좋은 기쁨과 희망의 꿈이 있는 멋지고 아름다운 최고의 결혼식이었다. 그냥 좋은 날이고, 많이 좋았다.

23. 잘 살고 잘 되기를 바라는 마음

안녕하세요?

신랑 지환이의 아버지이고, 신부 시현 양의 시아버지가 된 최정식 인사드리겠습니다.

훈남 아들 덕에 예의 바른 건강미인 시현 양을 며느리로 맞이하는 오늘은, 둘이서 하나가 되는 참으로 기쁘고 좋은 날입니다.

델타 변이와 오미크론, 한파와 미세먼지 등 사회적으로 어려운 환경과 여건에도, 먼 길 마다하지 않으시고 달려와 주신, 친인척 어르신들과 친구, 지인 등 하객 여러분들께도 기쁜 마음으로 고맙고, 감사함을 전하고 싶습니다.

또한, 심려와 불편을 드린 점이 있다면 죄송한 마음입니다.

두 사람은 말띠의 동갑내기로 열심히 달리어 이곳까지 왔습니다. 푸른 초원 위에서 자유로이 풀을 뜯으며, 여유롭고 평화로운 삶으로 인생길의 출발선에 있습니다. 고귀한 선물이 아닐 수 없습니다.

더불어, 서로 이해하고 포용하면서, 존중과 배려의 깊은 마음으로 인생길 재미나게 잘 살아 달라는 의미로 몇 가지 당부를 하고 싶습니다.

첫째는, 안전과 건강한 삶으로 미래를 개척하고 도전하면서, 서로를 아끼며 지켜나가야만 합니다.

정상에 오르는 산행길은 인생길의 모습으로, 현대의 삶은 모든 것이 불확실한 삶이기에, 살아가는 앞날에 기쁘고 좋은 일만 가득하길 바라는 아버지의 큰마음입니다. 지혜와 슬기로 서로 잘 지키고 가꾸는 삶으로 발전시켜야 할 것입니다.

둘째는, 건강하고 행복한 삶을 위한 웃음꽃을 피워내면서 잘살고 잘되는 삶으로 만들어 주시기 바랍니다.

두 사람이 세운 꿈과 희망의 가치를 실현하면서, 재미나게 사는 삶을 위하여 책임감을 갖고 실천하는 일관성 있는 멋진 삶을 살아야 할 것입니다.

세 번째는, 양가의 어머님께 효와 예를 실천하는 두 사람이 되어주면 참 좋겠습니다.

서른두 살이 된 오늘에 이르기까지, 삶의 고충과 고난을 감내하면서, 예쁘고 멋지게 성장을 시켜주시었고, 잘난 딸과 아들로 우뚝 서게 만들어 주셨습니다.

어머님들께서 건강한 삶을 사시는 것은 여러분에게는 삶의 큰 축복이고, 행복이 될 것이기에, 효와 예의 실천을 위해 참 좋은 언행으로 불편함을 찾아드리는, 착한 심부름과 응원군이 되어 섬기기를 잘해주면 좋겠습니다.

아버지는 두 사람의 행복한 삶의 길목에서, 포근한 친구가 되어줄 것이고, 무거운 짐은 나누도록 할 것입니다. 삶의 걸림돌이 아닌 디딤돌이 되고, 잘살고 있는지를 바라보면서, 일상에서의 화이팅을 응원할 것입니다.

이는 양가의 부모님과 어르신, 형제자매, 친구, 지인 등 축하의 자리에 참석하여 주신 모든 분과의 약속이며, 최고의 선물을 드리는 것입니다.

참으로 잘 어울리는 동갑내기 한 쌍입니다.

인생길 출발을 앞둔 두 사람에게 큰 박수로 힘찬 격려와 응원을 부탁드리면서, 이 두 사람의 결혼이 아름답게 이루어졌음을 엄숙하게 선언합니다.
　－ 2022년 3월 5일, 신랑의 아버지 최정식

24. 여름이(재은)가 세상 구경하던 날

오늘은 8월 20일로 음력 7월 23일이다.

어제는 많은 비가 내렸기에 폭염은 가고, 완연한 가을일 거라는 기대감이 크기만 하였다.

아침부터 피어오른 햇살은 곡식이 익어가기에는 좋은 기상 조건이었으나, 아쉽게도 30도가 넘는 폭염은 계속되고, 후덥지근한 날씨는 불편함도 많았다.

이런 날에 아침부터 산모인 여름이(아기의 애칭) 엄마의 출산 전 신호는 감지되고 있었다. 오후로 넘어가면서 기쁨의 카톡 메시지가 아들 지환이로부터 긴급으로 도착이 되었다. 카톡카톡이다.

출산예정일보다 약 3일이나 빠른 토요일 오전 11:44에 사전예약 된 강북삼성병원으로 출발을 하였다. 오후 1:15에 분만실에 들어갔다는 다급한 파발의 도착이다.

착한 며느리 시현이는 아침부터 진통은 시작되었고, 많이도 아파서 울먹이며, 휠체어에 의지하여 분만실에 들어갔다는 것이다. 안타까움이고, 순산하기만을 소망하면서 조용한 마음의 기다림이었다.

먹는 것과 양도 부실한 며느리가 임신한 후, 여름이를 10개월이나 뱃속에서 키우고 있었으니 많이도 힘이 들었을 것이다. 점점 불러오는 신체의 변화를 이겨내느라고 얼마나 많은 산모의 고통을 감내하였을까, 수고와 안타까움이 많았던 며느리 시현이다.

분만실을 찾아간 지 8시간이 지났으나, 해 질 녘이 되어도 소식은 아직이다. 첫 아이의 출산이라 힘들다고 말하는 할머니의 이야기를 듣고 있었다. 웃으면서 이야기를 하다가도 진통이 오면 다시 아픔은 시작이고, 엄마와 여름이가 숨바꼭질을 재미나게 하고 있었다.

그리고 오후 7:04분이 되어, 다시 최종의 진통은 시작되었다. 이제나저제나, 우리 여름이는 언제나 세상 구경을 하고, 예쁜 모습을 할아버지에게 보여줄 것인지로 조마조마한 긴장 속에 떨림이었다.

얼마 후에 기쁜 소식이 파발로 전해왔다. 여름이의 탄생이었다. 아주 오랜 기다림 끝에 임인년 검은 호랑이해의 예쁜 공주 최여름이가 오후 8시 19분에 태어나 밝은 세상을 구경하고 있다.

산모 여름이 엄마도 건강하고, 여름이도 2.95kg으로 건강한 탄생이고, 예쁜 순산이다. 그새 울음보를 터트리고, 눈도 뜨면서 입도 오므리고 있었다. 새 생명의 신비함이고, 집안의 경사로움으로 큰 기쁨이었다.

여름이는 세상 구경을 하였고, 낳아준 엄마와 아빠랑은 첫 대면을 하였다. 아빠는 물 한 모금 입에 넣지를 못하고서 오직 순산을 소원하며, 산모인 시현이 옆을 지키었다. 출산 과정을 옆에서 지켜보며 탯줄을 자르면서는 엉엉 많이도 울었다고 한다.

여름이가 엄마의 뱃속에서 나온 이후에는, 그냥 좋아서 활짝 만개한 미소로 웃음꽃을 피워주었다. 여름이 아빠의 미소이다. 아빠가 되고, 엄마가 되는 세상에서 가장 좋은 기쁨의 순간을 맛보고 있었다. 행복의 시작이고, 가장 큰 삶의 선물이다.

우리 집의 남자 준기에 이어 또 한 명의 손녀 여름이는 태어나고, 할아버지는 예쁜 공주를 얻게 되어 큰 기쁨이다. 덩실덩실 춤을 추어야 하였다.

예쁘고 착한 시현 며느리가 순산하느라 수고를 많이 하였다. 시현이와 여름이가 힘든 출산을 이겨내 주고, 건강한 순산이니 더없는 기쁨이다. 사는 맛과 멋의 보람을 찾아준 인생길 행복의 선물이었다.

이제 몸을 잘 추스르고 회복시키는 것이 삶의 행복을 찾는 첫 번째 조건이기에 산후조리 기간중에 어떤 불필요한 몸의 움직임과 활동은 절제하여야 한다.

시현이와 여름이는 태어난 병원에서 잠시 있다가 신촌의 산후조리원에 입원하여 2주간은 집중 산후관리를 받게 된다고 하였다. 잘 먹고 건강도 회복하고, 기쁜 마음과 미소로 웃음꽃을 피우며 지내다가 볼 수 있기를 할아버지는 기대하였다.

산후조리가 끝날 때까지는 충분한 휴식과 함께, 잘 먹고 가볍게 운동하면서, 더 멋진 몸으로 만들어 가야만이 아프지 않은 건강한 몸으로 회복을 시킬 수가 있을 것이다. 건강한 삶을 위해 지켜야 하는 준칙이다.

예쁜 공주 최여름이도 첫 세상 구경을 잘하였으니, 예쁘게 잘 성장시키고, 건강한 여름이로 키워야만 한다. 정말 수고를 많이 하였고, 고맙고, 감사한 하루이었다.

산모의 건강을 찾고, 지켜주기 위해 특별관리가 필요한 것으로 온갖 정성을 다해야만 하였다.

시간을 두고서 해야 할 일도 착착 진행시키면 된다. 이름도 짓고, 출생신고도 하고, 세 번 이레 떡도 준비하면서, 여름이를 잘 키워야 하는 숙제를 다 함께해야만 하는 것이 의무요, 책무이다.

시간은 빠르게 흘러, 이름도 재은이로 지었다. 사주도 좋고, 관직에 큰 인물이 될 거라는 낭보도 날아들었다. 첫 이레와 둘째 이레를 넘었다. 산후조리원에서 나와 보금자리를 찾았고, 건강한 엄마의 모유 수유로 재은 공주는 무럭무럭 잘 성장을 하고 있었다.

그새 3.5kg을 넘더니, 맛있는 하품하고 가녀린 미소로 옹아리와 울지를 않는 천사가 되어 가고 있다. 예쁜 짓 귀여움의 독차지이다.

재은 공주의 미래는 맑고 밝음으로 희망이었고, 건강한 성장을 계속 뒷받침하면서 응원할 것이다. 노년의 인생길은 참으로 기쁘고 좋은 날로 행복의 날개를 달고, 우리는 하늘을 훨훨 날고 있었다.

25. 재은 공주의 1년과 첫돌 이야기

  그새 1년이 되었다.

  지난 1년을 돌이켜 보면, 삶의 희로애락을 진하게 맛을 보고, 멋을 부린 빠름의 연속적인 움직임과 활동의 시간이었다.

  아들 지환이와 며느리 시현이가 만나, 2022.3.5.(토)에 결혼하였다. 그리고 며느리 시현이의 뱃속에는 새 생명의 아기가 자라고 있었다. 아들과 며느리의 사랑으로 이루어진 삶의 아름다운 보고의 잉태이었다.

  시간은 흐르고, 날과 월이 바뀌면서 배는 불러오고 있었다. 한 번도 경험하지 못한 몸의 커다란 변화가 시작되었다. 겨울과 봄, 그리고 여름으로 계절은 바뀌면서, 산모의 고충도 크기만 하고, 뱃속의 아기가 세상 밖으로 나올 시기는 다가오고 있었다.

광복절이 지나고, 더위가 한풀 꺾일 즈음의 8월 20일의 하루는 시작되었다. 출산을 위한 산모의 고통은 조용히 찾아오고 있었다.

밤 8시 19분이 되어 예쁜 공주가 태어났다. 2.95kg으로 순산이었고, 산모와 아기가 모두 건강하였다. 검은 호랑이띠로 태어난 공주는 혈액형은 B형이었다. 산모인 시현이와 아기 공주는 건강하였으니 큰 기쁨이고, 자랑이었다. 바보 아빠에게도 사랑스러운 손녀가 있었다.

출산은 강북성심병원에서, 산후조리는 신촌의 산후조리원이었다. 아기의 엄마는 휴식으로 몸과 마음을 정상으로 회복시키는 재충전의 시간을, 아기는 엄마의 건강한 우유의 맛을 보며, 세상에 태어난 기쁨과 소망을 바라는 삶의 아름다운 시간을 보내기도 하였다.

강북성심병원을 나오면서 처음으로 예쁜 아기 공주와 대면을 하였고, 안아도 보았다.

아기의 예쁜 이름도 지었다. 이름은 아름답고 멋진 최재은이었다. 잠실 할머니께서 정성과 사랑을 담아내어서 지어 준 훌륭한 이름이었다. 건강하게 잘 살고 잘되는 참으로 복된 이름이 분명하였다. 재은이는 미래의 관직에서 큰 인물이 될 것이라는 희망을 주었다.

엄마와 아빠의 정성과 사랑을 받고 태어난 재은 공주는 첫이레, 둘째, 셋째 이레를 지나, 빠르게 성장하면서 어느덧 100일이 되었다.

긴 시간 아기 재은이를 키우는 것은 밤과 낮으로 관리하는 일이 쉽지 않은 고통과 고난의 어렵고 힘든 시간이었을 것이었다. 길고 길었던 어려운 시기들을 잘 인내하면서 극복해 준 재은이 엄마에게 고맙고, 감사한 마음으로 수고하였다는 기쁨의 박수를 보내고 있었다.

엄마와 아빠가 밤새 뜬눈으로 지새운다. 보채고 울어 버리는 재은이를 키우는 일은 결코 쉽지 않은 일이었다. 큰 고비의 시간이었다.

다행히 아프지 않고, 건강하게 잘 자라 주면서, 엄마와 아빠가 여유의 시간을 갖고 편히 쉬라고 초저녁에 일찍 잠들었고, 동이 트고 난 이후의 이른 아침까지는 숙면의 밤을 보내는 착한 재은이가 고마웠다.

아가 재은 공주가 건강하게 잘 성장을 해달라고, 고단한 몸으로 내색하지 않고서 늦은 시간까지 재은이에게 먹일 이유식과 음식을 만들어 먹이는 정성은 갸륵한 엄마의 재은 공주를 사랑하는 마음이었다.

재은 공주는 빠르게 성장을 하고, 문화의 집을 오가며, 맑고 밝은 모습으로 성장이 되도록 정성과 사랑으로 돌보는 시현이는 이 세상의 최고 엄마가 분명하다.

가끔은 열이 나면서 아프기도 하였고, 놀이하다가 작은 물건을 입에 넣어 긴급으로 응급실을 찾기도 하였다. 아이는 언제 어떤 상황이 일어날지를 모르기에 눈을 떼서는 안 된다는 교훈도 얻고, 알게 되었다.

200일, 300일이 지나고, 재은 공주는 무럭무럭 자라더니만, 말도하고, 엉금엉금 기어 다니던 모습은 온데간데없고, 일어서서 걷기 연습을 하고 있다. 첫돌을 2~3일 앞두고는 혼자서 일어나는 기염을 보여주었다.

엄마의 헌신과 희생의 노력으로 재은 공주는 빠르게 성장하였고, 움직임과 활동 영역이 확대되면서 덩실덩실 춤을 추며, 예쁜 짓과 귀여운 몸짓 등 아낌없는 박수와 찬사를 받고 있다. 가족들 모두에게 웃음과 기쁨의 큰 선물을 안겨주는 어린이 재은이로 성장을 거듭하고 있다.

　재은이네는 종로의 원룸과 등촌동의 빌라에 이어 세 번째 집인 중림동 서울역 센트럴자이 아파트로 이사를 하여 남산이 바라다보이는 집에서 행복이 가득한 둥지를 틀고 있었다.

　아기 재은이는 어린이집에 등원을 시작하였다. 길거리를 걷고, 넓은 집에서 자유롭게 움직이며 성장하는 재은 공주가 기특하기만 하고, 참으로 잘 된 일이다. 고생 끝에 삶의 즐거움이 넝쿨째로 찾아온 것이다.

　어느새 첫돌(8.20)의 아침이었다. 잘 키워낸 엄마와 아빠, 잘 성장한 재은 공주, 물심양면으로 도움을 주고, 보살펴 주신 잠실 할머니의 큰 사랑의 도움이 있었기에 오늘의 기쁨이 있는 것이다.

　소공동 롯데호텔에서 해맑은 미소로 웃음꽃을 피우고 있었다. 기쁨과 소망을 담아 아름다운 생일 축하의 노래를 박수로 부르고, 박수로 즐거운 시간을 함께하였다.

　아가 재은이는 알록달록 오색의 연필 묶음을 손에 꽉 쥐고 있었다. '공부는 잘 하겠구나.'하는 예감이 듬뿍 피어났다.

　"최재은, 난 할아버지라고 해~ 우리 예쁘고 귀여운 재은 공주의 첫돌을 많이많이 축하해요. 할아버지도 많이 사랑해줄 터이니, 무럭무럭 건강하게 자라 주길 바라요. 재은 공주는 큰 꿈을 갖고, 활짝 날개를 펴고 푸르른 창공을 날아 주세요."

우리 재은이네가 인생의 소풍 길에서 우선으로 건강한 삶을 만들어 가고, 잘 살고 잘 되는 큰 복이 함께하길 꿈꾸고 있었다. 웃음꽃을 피우는 풍성한 사는 재미의 멋으로 행복을 노래하면 좋겠다는 할아버지의 마음을 담았다.

　　재은 공주 덕분에 며느리 시현이, 아들과 함께 온 가족이 기쁨과 즐거움을 나누고 누리는 좋은 날이었다. 이른 아침부터 움직이면서 활동을 하였던, 재은 공주의 첫돌 행사는 마무리가 되고 있었다. 고단하였을 하루, 재은 공주는 곤히 잠을 청하고 있었다.

　　인생길 길었던 삶을 살다 보니, 기쁘고 좋은 오늘 같은 날도 바보 아빠에게는 주어지고 있었다. 이는 분명 살아가는 재미로 누리는 행복이었다.

26. 희로애락의 삶 속에서 만난 행복

　세월이라는 친구가 많이도 지나가 버렸다. 시간과 세월이 잠시라도 멈추어 쉬어 가면 좋으련만, 이놈들은 낮잠도 안 자고 밤을 지새우면서 숨바꼭질을 하자고 속삭이었다. 어느새 너무도 빠르게 꼭꼭 숨어 버려 찾아서 묶어 들 수는 없었다.

　그새 63년이라는 세월을 살았다. 태어나 살아온 삶은 인생 무상이고, 허무가 숨 쉬고 있었다. 어렵고 힘든 동심과 청년 시절을 보내고, ROTC 장교로 복무를 시작하면서 사회와는 많이도 동떨어진 인생살이가 되기도 하였다.

　무엇을 얻으려고 좌우와 뒤도 돌아볼 틈도 없이 열심히 살아야만 하였을까. 뒤돌아보면 무섭게 달려온 지난날의 삶들은 기쁨도 잠시이고, 암울한 위기와 위협도 찾아와 똑똑 소리로 심하게 노크를 하고 있었다.

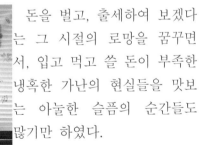

　돈을 벌고, 출세하여 보겠다는 그 시절의 로망을 꿈꾸면서, 입고 먹고 쓸 돈이 부족한 냉혹한 가난의 현실들을 맛보는 아눌한 슬픔의 순간들도 많기만 하였다.

　그래도 살아야지요. 아이들 셋을 키우며 성장을 시키고, 모두가 대학을 졸업하였다. 각자의 큰 꿈과 행복이라는 달콤한 열매를 따 먹기 위해 건강한 직장도 얻고, 둘은 결혼까지도 하였다. 딸 하나만 남았다.

이제는 손자와 손녀가 태어나 살아있음을 확인하였고, 손주들의 예쁜 짓과 귀여움을 바라보면서, 가끔은 엷은 미소를 지어가며 입술을 깨물어 보기도 하는 나이가 되어 있었다. 건강한 삶을 우선으로 잘살고 잘되기를 바라는 큰바람이었고, 행복이 두둥실 춤을 추며 기쁜 삶을 노래하는 것이었으리라.

죽음을 넘나드는 암울한 시절은 그새 8년을 지나, 9년이 시작되었다. 살기 위한 몸부림의 생명선 전투는 치열한 공방을 계속하면서 결국은 승리의 월계관을 쓰고 있었다.

반신은 불구의 중증장애인으로 살아야 한다는 청천벽력 같은 진단을 받아들이면서, 이를 극복하기 위한 처절하고 처참한 삶의 고통을 이겨내야만 하는 기나긴 싸움은 시작되었다.

아들의 등에 업히어 이동하고, 시간의 흐름과 함께 다리를 질질 끌어가면서 지팡이를 친구삼아 살기 위한 닭똥 같은 눈물의 재활은 시작이 되었다. 걷고, 자전거에 오르고, 마트의 카트를 밀고, 헬스장을 출입하였다.

그것도 모자라 옹진과 강화, 서해와 남해의 섬들을 모두 찾아가 어렵고 힘든 트래킹을 이겨내며, 격하게 소화를 시키고 있었다. 이제는 비행기에 올라 제주도와 해외를 넘나들며, 멈춤 없는 강행군은 계속이었다.

어느 날 세월이라는 친구는 내 곁을 많이도 지나치고 있었다. 우여곡절 파란만장한 몸부림을 뒤로하고서 바보 아빠는 만세를 외치고 있었다. 아직도 부족하고, 불편한 부분도 가득하지만, 이제는 살았고, 바보 아빠는 분명 살 놈이었다.

사는 재미의 행복이 불쑥 손을 내밀고 있었다. 70이라는 나이를 향해 세월의 무게와 짐을 메고서 빠르게 달려가고 있는 바보 아빠의 나이는 환갑이 지난 63세이었다.

바보 아빠에게는 더 이상의 돈도 명예도 필요치 않았다. 노년의 인생길 소풍에는 건강한 삶이 최우선일 것이다. 보고 듣고, 말을 줄이면서, 베풀고 나누는 배려의 작은 삶이 잘 살고, 잘 살아가는 오감 만족의 삶이라고 하늘과 땅은 깨우침을 주고 있었다.

비우고, 또 내려놓고, 자연과 더불어 사람을 만나고 소통하는 재미로 욕심이 없는 삶은 큰 복을 안겨다 줄 것이다.

이제 또다시 새로운 삶의 인생역정은 시작이었다. 가족 모두가 건강한 삶을 누리고, 각자의 꿈을 또닥또닥 만들어 가면서 가정마다 행복의 낭보는 계속 찾아와 노크해 줄 것이다.

살다 보면, 희로애락을 감당하기 어려운 상황도 다시 찾아오겠지만, 이제는 두렵지 않다. 그런 위협을 이기는 속성을 꿰뚫고 있었기 때문에 남은 삶의 여정은 기쁨이 세배 되는 꽉 찬 느낌으로 아름다운 삶이 숨 쉬는 선물 보따리를 한 아름으로 안겨주면서 휘파람을 불고 노래를 할 것이다.

바보 아빠는 또 다른 멋으로 악으로 깡으로의 강렬한 힘으로 '안 되면 되게 하라.'의 식지 않는 강인한 열정으로 새로운 도전을 시작하고 있었다.

노년의 삶에서 또 하나의 기적을 만들어내기 위해서 알차고 참신한 도전은 계속되어 아름다운 삶의 기적으로 맛있는 열매를 딸 것이다.

■ 맺음말

쉽지 않은 인연의 소풍길에서

　세상의 맑은소리와 빛을 보며 숨 가쁘게 달려온 삶이 63년
이나 되었다. 결코, 쉽지 않은 긴 인연의 소풍이었다. 어머니
의 뱃속에서 나와 유년과 초중고, 대학까지의 삶은 철모르고
뛰어놀기만을 하였던 소꿉놀이와 개구쟁이의 삶이었다. 많이
도 다치고 아프기만 하였다.

가난과 배고픔을 되물림 하지 않기 위해서, 이른 새벽부터 밤늦게까지 논과 밭을 쟁기로 갈고, 삽으로 파고, 호미로 일구었고, 낫으로 베어 가며, 죽을 둥 살 둥 구슬땀을 흘리신 부모님이시었다. 다섯을 낳아 기르신 부모님의 고달팠던 삶이 기억 속에 가득히 남아 꿈틀거리면서, 작은 영화관에는 한편의 영화필름이 돌아가고 있다. 부모님의 값진 헌신과 희생의 자식 사랑은 바보 아빠에게는 커다란 힘과 용기를 주었고, 꿈을 향한 도전의 기회로 작용되었다.

거친 풍파의 삶에 동아줄이 되어 잡아 주시었고, 성장을 위한 밑거름이 되어주시면서 수많은 위협을 호기로 전환도 시켜 주었다. 잘 되고 잘 살아달라는 무언의 커다란 가르침이었다.

쉽지 않은 삶의 긴 마라톤 코스의 소풍길에서 살아 숨쉬며, 먹고 살기 위한 불투명한 내일과 불확실한 미래를 극복하며 살아남을 수가 있었다.

오늘보다 남들보다, 조금은 더 잘 먹고 잘살기 위한 삶을 꿈꾸었고, 부와 명예를 얻기 위한 몸부림으로 눈과 비와 바람도 맞았다. 엄동설한의 혹독한 삶의 과정에서 사람과의 밀고 당기는 샅바싸움에서는 절대 지지를 않고, 이기고자 하는 힘이 있었던 삶의 뒤안길의 모습들이었다.

그 곁에는 언제나 아내 수네 여사와 지혜, 지환, 지원이가 든든한 고임목과 버팀목으로 쓰러지지 않고 다시 일어설 수 있는 기회를 만들어 주었다. 그리고 디딤돌을 깔아 주었다.

말없이 다가오는 위험과 위협은 잠시의 틈이라도 내주지 않으려고 바람 잘 날 없이 많이도 불어왔고, 그것들을 헤치고서 앞으로 나아가기 위해 얼룩진 삶은, 수많은 세월의 땀과 눈물로 닦아 낼 수가 있었다.

불현듯 찾아온 생명의 위협을 아내 수네 여사와 아이들 셋, 친구(동기)와 친지, 지인 등 아는 사람들의 힘으로 저승사자와 싸운 생명선 전투에서 끝까지 포기를 하지 않았고, 실낱같은 희망으로 지푸라기라도 잡고서, 끈을 놓지 않았기에 죽지를 않고서 삶의 기적을 만들어 낼 수가 있었다.

또 하나의 기적을 꿈꾸며, 정말 어렵고 힘들었던 재활과 치유로 배고팠던 고난과 고통의 아픔을 참고 이겨내며, 걷고 오르고, 달리면서 포기하지 않았던 강인한 도전은 맑은 소리의 웃음꽃과 사랑꽃으로 다시 꽃을 피워서 기적을 만들어 주었다. 죽지 않고 살아야만 한다는 간절과 절박함이 바보 아빠에게는 숨을 쉬게 하는 큰 힘이 되어주었다.

이제는 건강한 삶으로 그 어떤 욕심과 사심도 멀리하고, 바보 아빠의 것을 채우기에 급급한 삶이 아닌, 베풀고 나누는 희망의 공간에서 꿈을 노래하고 나누어 주는 바보 아빠이고 싶다.

살아온 63년의 삶은 대학을 가고, ROTC가 되어 장교의 길을 걷고, 빨간 투피스 여인을 만나 삶을 나누고 누린 것은 기쁨이고, 행운이었다. 사는 재미를 찾는 행복이었다. 바보 아빠와 함께 달려온 63년의 희로애락을 함께해 준 아는 사람들에게 작은 희망으로 삶을 노래하면서, 인생은 꿀맛처럼 신나게 살아가자고 삶의 메아리를 울리고 싶었다.

더 좋은 오늘이고, 내일은 맑은소리의 건강한 삶을 위해서 지난날의 바보 아빠를 응원해주신 모든 분께 "바보 아빠는 살아 있다."라고 고개를 숙여 인사를 드리고 있었다. 특히, 어려운 환경과 여건에서도 끝까지 포기하지 않고 자리를 지키면서 새 생명으로 다시 살도록 기회를 만들어 준 빨간 투피스의 여인이었던 아내 수네 여사와 지혜, 지환, 지원이에게 고맙고, 감사함으로 첫 번째 발간하게 된 수필집 『바보 아빠』의 책을 제일 먼저 주고 싶었다.

또한 매일, 매주 병실을 찾아와 가족들을 격려하면서 지켜주고 응원을 하여 준 많은 친구와 동기, 친척들에게도 머리 숙여 고맙고, 감사하였다고 인사를 드린다. 겸손과 절제의 마음으로 따뜻하고 포근한 마음의 선물을 드리고 싶었다.

이제 가족 구성원이 늘었다. 새로이 사위와 며느리도 얻고, 예쁘고 귀여움이 가득한 손자와 손녀도 얻었다. 바보 아빠에게는 사는 재미의 풍요를 안겨주고 있었다. 고마운 내 식구이고, 가족이었다.

고맙습니다. 감사합니다. 그리고 사랑하겠습니다.

눈물과 행복으로 쓴 아픔과 성장의 일기

— 최정식 첫 수필집 『바보 아빠』

최 봉 회 (시인, 수필가, 평론가, 글벗 편집주간)

어릴 적 추억을 되새겨보면 순수하고 깨끗하다. 아무리 짓궂은 장난을 쳤어도 그 마음과 생각이 단순했기 때문이다. 힘겨운 삶을 살다 보면 우리는 어린 시절의 순수를 그냥 잃어버리고 산다. 이리저리 욕심에 휩쓸리고 조급함으로 상처를 입으면서 산다. 그때마다 어릴 적 기억을 꺼내 복잡하고 때 묻은 마음을 씻어 내곤 한다.

순수와 설렘을 오래 간직하는 방법은 내가 살아가는 삶을 귀하고 아름답게 하는 방법이다.

2023년에 훌륭한 친구를 글로 다시 만났다. 옛 시절의 추억을 보물로 삼으면서 순수와 설렘을 오래도록 간직한 수필가를 만났다. 내 인생의 소중한 만남이 아닌가 싶다.

바로 고양시에 거주하는 최정식 수필가다. 그의 인생은 두 번의 값진 인생을 살고 있다. 산을 등반하던 도중 낙상 사고로 목숨을 잃는 절체절명의 순간을 극복하고 새로운 인생을 살아가고 있기 때문이다. 그 삶의 모습을 모두 세상에 글로 발표하면서 마침내 제22회 계간 글벗 수필부문 신인상을 받게 되었다.

그의 수필은 가슴에 오래도록 남는다. 왜냐하면 가슴에 쓰인 이야기이기 때문이다.

나는 최정식의 수필집을 "가슴에 남는 이야기"라고 감히 말하고 싶다. 그는 오래도록 일기를 써오고 있다. 성공한 사람들의 공통된 특징은 '적바림의 글'이다. 그는 늘 메모하면서 글을 쓴다. 순간을 놓치지 않고 계속해서 적는다.

작가는 자신의 책을 이렇게 소개하고 있다.

"인생 60년, 희로애락의 삶을 드라마틱한 감성으로 노래한 생활 속에 사람 사는 이야기, 웃음꽃과 사랑꽃 이야기"

그의 수필 속에는 수없이 자주 등장하는 말이 있다. 고맙고 감사하다는 말이다. 고맙다는 말을 헤아려 보니 21번, 감사하다는 표현이 38번이나 나온다.

본인의 말대로 작가는 "꿀맛처럼 인생을 사는 것"이 아닌가 한다. 그는 세상을 살아가는 이야기에 『바보 아빠』의 인생의 모든 것을 담아내고 있다. 착하고 예쁘게 태어난 최가네의 인생 예찬이라는 기나긴 장편의 역사적 수필인 셈이다. 고뇌에 찬 집필과 편집으로 정리해서, 인생길 화려한 웃음꽃으로 피워내야 하겠다고 다짐한 것을 실천한 것이다.

가슴에 쓰인 것은 결코 잊혀지지 않는다.

키는 훤칠하였으나, 깡마른 체구로 살기 좋은 살아 볼만한 야심 찬 꿈을 안고 태어난 그때부터 오늘이라는 현재의 삶까지 "한번은 잘살아보세!"로 부와 명예 등 그 무엇을 위해 숨 가쁜 걷기와 달리기, 뜀박질해왔는지 밀물이 되어 가슴이 벅차기만 하다.

개구쟁이의 유년기를 거치고, 초등학교와 중 고등학교, 대학과 대학원, 군인의 길과 공직의 직장생활 등, 그 이상의 꿈을 향한 도전은 중간에 브레이크 한 번도 제대로 밟아보지를 못한 채, 액셀러레이터만 힘겹게 밟아온 삶이다.

　　－수필집 『바보 아빠』 작가의 말 「사랑꽃을 피워내며」 중에서

가슴에 남는 이야기만이 내 삶의 참된 이야기다. 그것을 끝까지 품고 사는 것이 우리가 해야 할 일이다. 그래서 우리는 가슴에 남는 이야기를 기록해야 한다. 가슴에 남아 우리를 지탱해 줄 이야기가 많이 있어야 한다. 바로 최정식 수필가의 인생 이야기가 그렇다.

최정식 수필가는 자신을 '바보 소년', '바보 소위', '바보 아빠'라고 스스로 칭한다. 그의 말대로 '바보 아빠의 삶'은 인생길의 멋진 피날레의 팡파르(fanfare)를 울리고 있다. 한마디로 등반 도중 낙상 사고로 인생의 아픔을 겪었다. 하지만 지금은 대만족의 성공으로 기쁨이 넘실대는 행복한 삶을 살고 있다. 그의 말대로 이제 남은 삶의 여정에서 "인생은 꿀맛처럼 살고 싶다."를 외치고 있다. 어제보다 오늘이 더 좋고, 더 맛있고, 멋있는 인생의 소풍길에 나서고 있다. 그것도 휘파람을 불어가면서 느긋한 여유로 뚜벅뚜벅 걸어가고 있다.

바보 소년의 부모님께서는 너무나도 고생스러운 삶을 사신 아프고 슬픈 기억들이 한가득 남아, 가슴 한켠에서 숨을 쉰다. 어린 시절의 풍경들은 회자되고 있다.

현재에 와서는 손주들이 태어나서부터 초등학교에 입학할 때까지 하루의 기억을 찾아주기 위해서 일거수일투족의 성장과

변화해가는 움직임, 활동들을 담아 글로 정리하여 저장시키고 있다. 할아버지가 된 바보 아빠는 정성을 다하여 일기를 쓰고 있다.

바보 소년의 꿈은 아직은 알 수가 없었다.

– 수필 「꾸러기와 하얀 손수건」 중에서

바보 아빠는 오늘도 매일 일기를 쓰고 있다. 훗날 되돌아 볼 때 흐뭇해하면서 혼자라도 웃을 수 있는 이야기를 지금 쓰고 있다. 진정한 삶은 내 가슴에 쓰인 다음, 타인의 가슴에도 그대로 전해지는 법이다.

최정식 수필가는 수필집 첫머리의 「작가의 말」에서 또다시 이렇게 이야기한다.

이제 먼 훗날에 책 몇 권(합창 소리, 몸부림, 가시덤풀, 할아버지 일기, 시집 등)은 최가네의 혼과 열정과 사랑이 담긴 아름다운 꿈과 희망이 되어 있을 것이다. 이는 삶의 야심 찬 도전의 산물로 만들어지고, 재산으로 남겨둘 수 있어 바보 아빠라는 존재에게 박수를 보내고 있다.

앞으로 수필집 4권은 물론 시집을 출간할 준비가 완료되었다는 이야기다. 참으로 놀라지 않을 수 없다.

아직도 가슴으로 쓴 이야기들, 세상 사는 이야기를 완성했으니 '바보 아빠'가 아니라 '작가 아빠'가 아니겠는가.

사실 세상에 많은 이야기들이 흘러가 버린다.

봄이면 겨우내 가두어 두었던 저수지와 발전소에서는 물을 방류하고, 봄비까지 많은 양이 내리었다 어느 때에는 물 반 고기 반이라는 말이 실감 날 정도로 많았다.

논에는 미꾸라지가 가득하여 쪽대로 논 안에 물골을 내어 밀고 다니면서 미꾸라지를 잡던 기억, 개울과 개울 사이의 중간을 흙으로 쌓아 막은 후에는 그 안의 물을 뿜어내고 물고기를 잡던 일, 동진강 강가에는 메기 등 고기가 얼마나 많았던지 작살 도구를 이용하여 고기를 잡던 어린 시절의 추억들도 많다.

'안되면 막고 품어라.'라는 이야기가 실감이 나는 어린 시절이었다. 그 시절, 당시에는 미꾸라지를 잡아 판매하는 일이 큰 수입원이 되던 시절이다.

– 수필 「자연 속에 순박한 동심 놀이」 중에서

어릴 적 추억을 꺼내 보면 순수하고 깨끗하다. 아무리 짓궂은 장난을 해도 그 마음과 생각이 순수하다. 살아가다 보면 우리는 어린 시절의 순수함을 잊어버리고 이리저리 휩쓸린다. 그때마다 어릴 적 추억을 꺼내 복잡하고 때 묻은 마음을 정화하면 어떨까?

최정식 수필가는 철부지 바보 소년의 기억에 저장되었던 어린 시절의 추억 하나하나를 다시금 꺼내어 우리에게 전하고 있다. 나중에 내 가슴에 아무것도 남아 있지 않는다면 우리의 삶이 얼마나 허망하겠는가? 그래서 진실과 사랑의 아름다운 인생 이야기가 가슴에 남는 이야기를 저장하고 기록해야 하는 것이 작가의 사명이다. 그런 의미에서 최정식 작가는 가슴에 쓰인 이야기로 자신의 삶을 새롭게 하고 있다. 아니, 스코틀

랜드의 격언처럼 '참으로 기억되는 것은 가슴 속에 쓰인다'는 사실이 이 수필집을 통해서 증명되고 있다.

최정식 수필가의 삶은 영리한 삶을 살아가기보다는 아주 긍정적으로 즐거운 삶을 사는 사람이라는 생각이 든다. 영리한 사람은 세상에 참으로 많다. 영리한 것이 나쁘지는 않다. 하지만 인생 전체로 볼 때 그것이 과연 최선인지는 생각해 볼 필요가 있다. 최정식 수필가의 말대로 '바보 아빠'로 사는 즐겁게 사는 인생을 우리에게 추천하는 것은 아닐까? 영리한 삶은 더 고달픈 인생이다. 언젠가는 자기보다 더 영리한 사람을 만나기 때문이다.

최정식 수필가를 통해서 즐겁게 사는 인생이 행복하다는 사실을 다시금 깨닫는다. 즐거움에는 경쟁이나 비교가 없기 때문이다. 남의 영리함을 부러워하지 말고 자신의 소박한 기쁨을 즐기는 인생, 바로 최정식 작가가 우리에게 전해주는 교훈이 아닐까 한다.

작가는 삶의 정상 근처에 도착하여, 지난날의 세월을 들추어 뒤적이며 뒤안길의 흔적을 열어보고 있다. 자신의 삶에 함께하고 수고해준 아내 수네 여사와 잘 성장하고 있는 변호사와 건설인, 선생님의 기쁜 일들이 삶의 희망으로 꽃핀 것이다. 보기 좋은 웃음꽃, 행복꽃을 피운 것이다.

최정식 작가는 오늘도 글을 쓰면서 즐겁게 삶을 살고 있다. 그의 수필 작품은 우리 마음을 건강하게 해주고 있다. 아무리 좋은 글이라도 우리 마음을 혼란스럽게 하거나 어둡게 하면 나는 그 글을 피한다. 어떤 수필이든 결국 그 작품을 읽는 사람을 위한 것이어야 의미가 있다. 작가는 삶을 다양하게 표현할 수 있다. 하지만 본질적으로 사람을 살리고 기쁘게 하지 않는다면 진정한 글이라고 할 수 없기 때문이다.

내가 쓰는 글이 어떤 씨앗, 어떤 가치를 퍼트리고 있는가? 좋은 글 씨앗을 남길 때 비로소 좋은 가치가 매겨지는 것은 아닐까?

최정식 수필가의 글은 밝다. 희망적이다. 기쁨이 있다. 마음이 밝으면 글도 밝아진다. 마음이 즐거우면 글도 즐겁다. 아픔이 꼬리를 감추고 좋은 에너지가 우리의 몸을 일으키고 있다. 내 마음이 무엇을 아파하고 힘들어하는지부터 스스로 성찰하고 있다.

특별히 그의 글에서 나타난 또 다른 특징은 희망의 문학이다. 그는 산을 등반하는 중에서 낙상사고로 인한 죽음의 두려움을 극복하고 다시 제2의 인생을 살아가고 있다. 그는 삶에서 그는 죽음에 대한 두려움이 업습할 때 붙들 수 있는 것은 오직 희망뿐이었다. 희망만이 두려움을 제거해 준다.

사고 당시에 다행히 피를 흘리었고, 신속한 응급처치가 이루어져서 찰나의 위급한 순간의 위기는 모면하고, 숨은 쉬고 있었다. 생명의 등불은 꺼지지 않았다.

그러나 치료한 의료진의 시술 결과는 등골이 오싹함으로 무섭기만한 결과였다. 하반신이 마비된다는 청천벽력 같은 말에 아내 수네 여사와 아이들 셋은 모두가 충격에 흔들리며 휘청이었다. 고난의 시작이다.

이후, 직장에도 긴급으로 보고는 이루어지고, 일요일 아침 동료 지휘관이 상황 파악차 도착하였다. 상황 보고 등 부단하게 움직이는 모습이 눈에 선하게 들어왔다. 발목을 잡는 것은 위수지역 이탈이니, 아무런 할 말도 없었다. 순창이나 잘 지키고 있어야 했다.

　중환자실에서의 응급치료는 계속되었으나, 마산 삼성병원에서는 현 상태에서는 더 이상 치료할 것은 없고, 허리 수술만 잘하면 된다고 각종 검사와 의사 진단의 최종결론을 주고 있었다. 그때까지는 불구가 되더라도 죽지는 않고 살 수 있다는 희망은 있었다.

－ 수필 「효심과 우정이 만들어낸 기적의 선물」 중에서

　작가는 희망을 자주 말한다. 수필집에 총 34회 등장한다. 희망의 말을 하는 사람은 아픔을 회복해 나가지만 포기와 좌절에 빠진 삶은 회복되기 힘든 법이다. 사실 희망은 두려움의 유일한 해독제다. 희망만이 두려움을 이기고 새로운 세계를 보게 한다. 결국 희망의 언어를 사용해야 한다는 것이다. 최정식 작가는 앞에서도 언급한 것처럼 늘 '고맙다', '감사하다'라는 언어를 자주 사용한다.

　또 최정식 작가가 자주 사용한 어휘는 '행복'이다. 총 62회 등장한다.

　사실 내가 행복하기 위해서는 남이 행복해야 한다. 남과 상관없는 나만의 행복이란 결코 존재하지 않는다. 내가 최정식 작가를 학군장교(ROTC) 동기로 만나고 작가로 만나면서 절실하게 깨달은 것은 '행복은 소유가 아니라 관계에서 찾아온다.'는 것이다.

　유태인의 격언 중에 이런 말이 있다.

　"남을 행복하게 하는 것은 향수를 뿌리는 것과 같다. 향수를 뿌릴 때 자신에게도 몇 방울은 튄다."

남을 행복하게 하면 내가 행복하다. 내가 행복하면 남도 행복하다. 물론 자식이 행복하면 부모가 행복하고 아내가 행복하면 남편이 행복하다. 학생이 행복하면 교사도 행복하고 교사가 행복하면 학교가 행복한 법이다. 한마디로 이웃이 행복하면 우리 집도 행복하다.

결론은 최정식 작가는 수필이라는 장르를 통해서 독자들에게 희망을 전하고 행복의 향기를 전하고 있다. 결국은 그 향기가 본인에게도 돌아와 행복을 만끽하는 것이 아닐까?

중위 시절의 마지막 직책은 인사장교로 참모 업무를 수행하게 되었다. 나름은 직책이 적성에 맞는 것 같기도 하였다. 그냥 그렇게 묻히어 세월은 흐르고 있었다.

참모직책을 수행해 가면서 잘한 것이라고는 집을 떠나와 수고하는 동기와 후배 장교들의 사기와 복지를 위해 관심을 갖고 정성과 사랑을 나눈 것이 작은 것이지만, 보람으로 남아 기억되고 웃으면서 회자하고 있었다.

이후, 남은 시간은 후배들과 함께 보내는 즐거움으로 시절을 회상하고 있었다. 후배들 모두 건강하고 행복하게 사시면 좋겠다는 생각이 밀려오면서 인생은 그렇게 가고 있었다.
– 수필 「산전수전 군 생활, 결혼과 사랑 찾기」 중에서

군 시절은 물론 지금도 그의 인간관계는 아름답고 따뜻하다. 그래서 그의 행복은 아직 끝나지 않았다. 이제부터 그동안 쌓은 경험과 지혜들이 좋은 일들을 만들어낸다. 그동안 작가의 고통과 눈물은 내일의 좋은 일을 맞이하기 위한 준비가

아닐까 한다.

아침은 날마다 새롭게 찾아온다. 봄도 다시 올 것이다. 물론 내일도 아프고 쓰린 일이 왜 없겠는가. 하지만 이웃과 함께 하는 사랑으로 극복할 것이다.

인생이라는 먼 길을 가려면 좋은 동행인이 있어야 한다. 바로 가족과 친구, 동료가 소중하다. 최정식 작가가 수필에서 표현했던 것처럼 늘 가족과 친구, 그리고 동료들에게 고마움과 감사함으로 자신의 마음을 표현하면서 살아가고 있다. 필자는 그 아름다운 삶이 부럽다. 그리고 함께 배우고 싶다.

작가는 내 마음과 몸이 그들에게 깊이 의지하고 있으니까 그들 덕분에 오늘도 무사히 길을 걸어가고 있다.

어느 날이었다. 지난날을 회상하면서 느낀 감정은 아마도 빨간 투피스의 여학생 집에서는 이놈이 과연 괜찮은 놈인가. 우리 언니의 짝으로 이상은 없는지 정황을 판단하고 결정하기 위하여 파견된 정보 및 첩보원이었구나 라고 생각이 되었다. 사는 환경과 여건을 보니, 어느 드라마나 영화에서 볼 수나 있는 빈민촌의 아들로 보이고 있었다. 셋째 딸을 주려고 생각하니, 갑갑하기는 하였던 모양새였다.

나이 60을 넘은 현시점에서는 셋째 딸이었던 아내 수네 여사가 그래도 부의 축적은 부족하지만, 9명의 형제자매 중에는 제일 행복한 삶을 누리며 잘살고 있다는 것은 분명한 사실이었다.

– 수필 「나아가야 할 방향은」 중에서

최정식 수필가의 인생의 만남에서 가장 소중한 만남은 바로 수네 여사의 만남이었다. 그것이 행복의 시작이었다. 이제 바로 군인으로서 작가로서 그가 나가야 할 방향은 '도전'과 '행복'이라는 방향이다.

어렵고 힘들었던 멋진 바보 아빠를 만나서 연애하고, 사랑하고 결혼하고, 사랑의 흔적을 세 개씩이나 남겨주신 나의 신부, 나의 아내, 수네 여사와 지혜와 지환, 지원이에게도 19번이라는 잦은 이사와 어렵고 힘들었던 환경과 여건에서도 희로애락의 순간들을 잘 참고 극복하여 주고, 사람 사는 세상으로 우뚝 솟아 웃어주는 그대들에게 바보 아빠가 주는 아름다운 행복의 훈장을 멋지게 달아주고 있었다.
– 수필 「사람과 장소는 삶의 중요한 안내자」 중에서

최정식 작가에게는 소중한 가족이 있다. 그리고 친구가 있고 동기가 있으며 이웃이 있다. 그래서 최정식 작가는 더 잘할 수 있을 것이다.

아직도 그의 뜨거운 희망과 아름다운 도전은 끝나지 않았다. 그래서 그의 행복은 계속되고 있다.

지금껏 최정식 작가가 살아온 63년의 삶은 대학에 진학하고, ROTC가 되어 장교의 길을 걷고, 빨간 투피스 여인을 만나 삶을 나누고 누린 것은 기쁨이고, 행운이었다. 사는 재미를 찾는 행복이었다. 이제는 이 모든 것을 글로 일기처럼 적어내려가고 있다.

끝으로 최정식 작가에게 부탁하고자 한다. 인생은 장거리 여행이기에 함께 하자고 말하고 싶다. 우리가 얻을 수 있는 모든 좋은 것은 많은 시간과 노력이 필요하다. 사람과의 관계든, 글을 쓰든, 그리고 기쁨을 함께 나누든 그 길은 아직도 멀다. 우리 모두 함께하길 소망하고 기원한다.

이제는 건강한 삶으로 그 어떤 욕심과 사심도 멀리하고, 바보 아빠의 것을 채우기에 급급한 삶이 아닌, 베풀고 나누는 희망의 공간에서 꿈을 노래하고 나누어 주는 바보 아빠이고 싶다. 살아온 63년의 삶은 대학을 가고, ROTC가 되어 장교의 길을 걷고, 빨간 투피스 여인을 만나 삶을 나누고 누린 것은 기쁨이고, 행운이었다. 사는 재미를 찾는 행복이었다. 바보 아빠와 함께 달려온 63년의 희로애락을 함께해 준 아는 사람들에게 작은 희망으로 삶을 노래하면서, 인생은 꿀맛처럼 신나게 살아가자고 삶의 메아리를 울리고 싶었다.
– 맺음말 「인연의 소중한 소풍길에서」 중에서

더불어 힘겨운 삶의 경주에서 멋지게 승리한 아름다운 삶을 축복하고 응원한다.
다시 한번 작가로서의 아름다운 도전과 새출발을 응원한다. 언제나 건강하고 행복한 삶 속에서 멋진 글쓰기를 기대한다.
건강과 건필을 기원한다.

■ 글벗수필선 51 최정식 수필집

바보 아빠

초판인쇄 2023년 11월 17일
초판발행 2023년 11월 17일
지 은 이 최 정 식
펴 낸 이 한 주 희
펴 낸 곳 도서출판 글벗
출판등록 2007. 10. 29(제406-2007-100호)
주   소 경기도 파주시 와석순환로16, 905동 1104호
        (야당동, 롯데캐슬파크타운 한빛마을)
홈페이지 http://guelbut.co.kr
        http://cafe.daum.net/geulbutsarang
e- mail juhee6305@hanmail.net
전화번호 031-957-1461
팩   스 031-957-7319
정   가 15,000원
I S B N 978-89-6533-269-5 04810

* 잘못된 책은 바꿔 드립니다.